알렉스,
소년에서 소녀로

다락방 N 007

알렉스, 소년에서 소녀로

알리사 브루그먼 지음 이현정 옮김

도서출판 또하나의문화

세심하게 보살펴 주신

벨 앨더먼 명예 교수님께

1

인생에는 모든 것을 영영 바꾸어 버리는 일이 일어나는 순간이 있다. 어떤 결정을 하고 나면 그 다음에는 돌이키지 못한다. 꼭 큰 일이 아니라 할지라도.

5일 전, 나는 약 먹기를 멈췄다. 그것이 그런 결정들 중 하나인 것 같다. 어떻게 아느냐고? 내가 다시 약을 먹기 시작한다고 해서 모든 것이 예전으로 돌아갈까? 아닐 것이다.

5일 뒤, 나는 쇼핑센터에 와 있다. 어느 쇼핑센터인지 구체적으로 말할 수는 없지만. 양쪽으로 길게 뻗은, 4층짜리 주차장이 있는 평범한 쇼핑센터를 상상하시길.

마이어백화점으로 들어갔다. 약 기운 없이. 화장품 코너에 멈춰서 특가 매니큐어를 샅샅이 훑어보았다. 알렉스가 함께 있다. 다른 알렉스 말이다. 나도 알렉스지만. 우리는 각각 다른 알렉스다. 사람들은 혼란스러울 것이다. 가끔은 나도 혼란스럽다.

'크리니크' 화장품의 점원이 껌을 씹으면서 진열대 앞을 어슬렁거리고 있었다.

"메이크업 받아 보실래요?"

점원이 물었다. 잠시 뒤에야 내게 한 말임을 깨닫고 뜻밖이라는 듯 돌아보았다. 그래, 너한테 하는 얘기야. 크리니크 언니는 모든 것이 반지르르하다. 반지르르한 머리, 반지르르한 얼굴, 반지르르한 옷. 말 그대로 온몸을 다리미로 싹싹 다린 듯하다.

"걱정 마, 아무것도 안 사도 돼."

크리니크 언니가 마스크 같은 얼굴 뒤 어딘가에서 미소를 지었다. 나도 이 언니처럼 몸 전체가 매끈하면 좋겠다.

조금 망설였다. 5일 전이라면 주머니에 손을 찔러 넣고 거기서 뛰쳐나갔을 것이기 때문이다. 나는 그러는 대신 슬금슬금 그리로 가서 점원 언니가 권하는 의자에 앉았다. 카운터에 있는 조그만 거울은 내 쪽을 향해 있지 않았다. 거울에 문밖이 비쳐 보였다. 글씨가 움직이는 전자 간판이 뒤집어진 모양으로 눈에 들어왔다. 성간오유 ,코양 ,송상 :벌서ㅋ 너피챗로트.

힙합 음악이 흘러나오고 있었다. 쇼핑객들이 리듬에 맞춰 몸을 움직이고 있었다.

"눈 감아 봐."

크리니크 언니가 작업을 시작했다. 언니한테서 치자꽃이나 마룻바닥 광택제같이 달콤하고 희미한 향기가 난다. 손가락으로 뭔가를 그리듯이 내 얼굴에 톡톡 바른다. 눈을 감고 있어서 그 다음에 어디를 건드릴지 짐작하기 어렵다. 껌 냄새가 섞인 숨결이 내 뺨과 목에 닿아 소름이 돋았다.

"추워?"

언니가 물었다.

"저 메이크업을 받아 본 적이 한 번도 없어요."

솔직하게 털어놓았다. 항상 받아 보고 싶었지만 화장품 진열대 앞을 지날 때면 불법 침입자 같은 느낌이 들었다. 마치 이런 표지판이라도 세워져 있는 것처럼.

온전한 여성 전용.

이건 그런 느낌보다 더 심하다. 온몸에 소름이 돋고 성가시다. 꼬리가 있다면 휙, 휘둘러서 쳐냈을 것 같다.

눈꺼풀 위에 조그만 붓이 지나간다. 눈꺼풀을 깜짝거리지 않으려고 애썼다.

"위로 쳐다봐."

그녀는 이렇게 지시하더니 마스카라를 칠했다.

"눈썹 정리도 좀 해 줄까?"

그녀가 물었다.

"좋아요."

시원스레 대답했다. 그게 눈썹을 하나하나 뽑겠다는 뜻인 줄도 모르고.

눈에 눈물이 고였다. 운 것 같기도 하다.

아빠가 어젯밤에 떠났다. 어쨌건 떠난 거라고 나는 생각한다. 그냥 외출한 줄 알았는데 돌아오지 않았다.

어른들은 아이들에게 늘 이렇게 말한다. **아, 너 때문이 아니야.** 글쎄, 이건 백 퍼센트 나 때문이다.

"다 됐어."

점원 언니가 거울을 내밀었다.

"너는 그대로도 참 이쁜데, 그래도 꾸미면 훨씬 낫지. 피부 톤을 고르게 하고 제일 예쁜 부분을 강조해 봐. 현실에서 포토샵을 하는 것처럼."

드랙퀸[1] 같을 거라 예상했지만, 눈을 떠 보니 그렇게 진한 화장이 아니었다. 나 혼자서 할 때처럼 공격적이고 어두운 분위기도 아니었다. 눈꺼풀은 희미한 분홍빛이고 입술에는 광택이 흐른다. 입술을 꼭 다물어 보았다. 미끌미끌하고 끈끈하고 따끔따끔하다.

"입술을 팽팽하게 해주는 립글로스야."

그녀가 설명했다.

"어쩐지!"

알렉스가 말한다.

알렉스의 얼굴도 그림자처럼 거울 속 배경에 비친다.

오늘 밤은 멋진 시간이 될 거야. 알렉스가 흥얼거린다.

크리니크 언니가 거울을 약간 위로 올렸다. 문밖 소파에 한 남자가 앉아 있다. 스무 살쯤 되어 보인다. 지루한 표정이다. 아마도 여자친구를 기다리겠지. 뱀파이어 영화에 나오는 배우처럼 헝클어뜨리듯 공들여 매만진 머리를 하고 있다. 크리니크 언니가 나를 향해 미소를 짓더니 제 입술을 스윽 핥았다.

"멋있는데."

이렇게 말하면서 유심히 그를 살폈다.

"으음."

나도 살짝 웃고는 함께 감상하는 척했다. 알렉스가 못마땅하다는 듯 눈알을 굴린다.

"넌 머리를 좀 여성스럽게 하면 좋겠다. 그리고 허리선이 드러나는 옷을 입어. 이래라 저래라 하는 게 아니라, 네가 얼마나 예쁜지 모르는 것 같아서 그래."

크리니크 언니는 내 얼굴에 바른 여러 가지 제품을 카운터에 늘어놓았고, 나는 글로스와 미네랄 파우더, 그리고 반짝이는 분홍빛 아이섀도를 샀다. 꽤 비쌌지만, 우리 부모님이 용돈은 늘 후하게 주신다.

"넌 골격이 정말 좋아."

그녀가 영수증을 건네면서 나한테 말했다.

좋은 골격2이 하나 있기는 하지. 알렉스가 말한다.

나는 코웃음을 쳤다. 그다지 좋은 골격은 아니잖아, 알렉스? 그냥 아주 아주 조그마한 국수잖아, 이 찌질아.

"널 믿어. 이전 모습으로 돌아가려고 하지 마."

멀어져 가는 나에게 점원 언니가 말했다.

"네. 고마워요."

내가 웃으며 말했다.

저 언니는 모든 사람한테 저렇게 얘기하겠지.

여자 화장실에 가서 요즘 여자애들이 다들 하고 다니는 벼머리를 땋았다. 후드를 옷 속으로 밀어 넣고 나니 아주 소녀다운 소녀로 보였다. 가만히 서서 내 새로운 얼굴을 쳐다보았다. 이게 **나의** 얼굴이야. 난 알렉스의 얼굴, **그의** 얼굴을 쳐다보면서 그렇게 오랜 시간을 보낸 거야.

이렇게 해본 건 처음이었다. 기억하는 한, 난 늘 이렇게 하고 싶었다.

문이 열려서 잠시 심장이 쿵쾅거렸다. 그러나 문을 열고 들어온 여자는 내 옆을 지나, 곧바로 뒤쪽 칸막이 안으로 들어갔다. 나를 쳐다보지도 않았다.

너 괜찮아? 알렉스에게 물었다.

그는 어깨를 으쓱한다. 허리 잘록한 옷 사고 싶어?

우리는 여성 캐주얼 코너로 들어갔다. 새로운 노래가 시작되었다.

걸으면서 나는 엉덩이를 약간 흔들었다. 꼬리를 휙 치면서. 걸려 있는 옷들을 손가락으로 죽 훑으며 걸었다. 금속 봉에 걸린 플라스틱 옷걸이들이 부딪치면서 내는 소리가 듣기 좋았다. 이게 바로 쇼핑의 소리다.

어깨선이 드러나고 앞은 끈으로 여미는 풍성한 블라우스, 목

뒤에서 여미는 홀터톱, 가슴팍에 나비 아플리케가 있는 귀여운 브이넥 티셔츠, 짧은 스커트를 골랐다. 몽땅 들고 탈의실로 갔다. 스커트를 골반까지 끌어내려 입고, 거울 앞에서 앞뒤로 움직이며 빙글빙글 돌아보았다. 스커트가 헐렁하고 짧아서 빨리 돌면 알렉스가 거울로 내 속옷을 볼 수도 있다.

홀터톱을 입어 보았는데, 봉긋한 부분을 채울 것이 내겐 없었다. 대신 블라우스를 입고 끈을 풀어서 젖가슴이 있는 것처럼 그곳을 부풀렸다.

알렉스를 보니 그가 뭘 하려는지 짐작이 갔다.

그러지 좀 마. 내가 말했지만 벌써 손이 바지춤에 가 있다. 그는 여성스러운 소녀가 된 나를 거울로 보고 있다. 젖가슴이 있을 곳을 뚫어지게 쳐다본다. 커다란 가슴을 상상하는 것이다. 그는 희미하게 반짝거리는 분홍색 눈꺼풀을 쳐다보고 있지만, 바지춤에 손이 가게 한 것은 사실 립글로스다.

알렉스가 그걸 하는 게 난 너무나 싫다. 정말 징그럽기 짝이 없다. 그야말로 남자애들이나 하는 짓이다. 너 숨소리가 너무 커. 내가 말했다.

입 다물어. 알렉스가 말한다.

내가 말했다. 아빠가 집을 나갔다는 걸 오늘 아침에 알았어. 좀 무심한 것 같지 않아?

그는 나를 쳐다본다. 반드르르한 크리니크 언니처럼 섹시한 여자를. 나는 그에게서 조그만 자기 국수를 잡아당기는 침팬지를 본다.

알렉스 얼굴이 빨개졌다. 닥쳐, 끝내게 좀 해줘. 나는 글로스를 바른 입술을 약간 내밀어서 그가 더 빨리 끝내도록, 역겨운 냄새가 나기 전에 우리가 여길 나갈 수 있도록 했다.

2

우리는 새로 다닐 학교 로비에 앉아 있다. 내가 앉아 있다. 다른 알렉스도 여기에 있다. 예전 학교에서 겨우 몇 정거장 떨어진 곳인데도 충분히 멀리 있는 것처럼 느껴진다.

어느 학교인지는 중요하지 않다. 로비는 여느 학교들과 비슷하다. 나무로 된 게시판에는 금색 글씨가 씌어 있고, 진열장은 아시아의 자매결연 학교들이 보낸 기이한 선물들로 가득하다.

입학 신청서에 이렇게 썼다. 알렉산드라 스트링펠로, 15세, 성별 여성, 종교 가톨릭.

그렇게 써서 내려고? 알렉스가 묻는다.

펜이 종이 위에서 잠시 흔들린다.

조용히 해. 속으로 말한다. 난 이미 결심했어.

대체로 나는 뭔가를 굳이 생각할 필요가 없다. 그냥 하면 된다. 자동으로 이루어진다. 새 학교로 가는 것도 충동적인 일이었다. 전에 이 학교 앞을 지나간 적이 있는데, 학교 앞 커다란 광고판에 학구적이고 건강해 보이는 예쁜 여자아이가 있었다. 교복이 예쁘다고 생각했다. 그래서 다림질한 듯한 새 얼굴로 그 학교를 착착 걸어 들어가서는, 입학 신청서를 달라고 했다. 그렇게 된 거다.

신청서 나머지는 보호자가 작성하게 되어 있었다. 엄마는 당연히 함께 오지 않았다. 나는 엄마 이름을 그 자리에 써 넣었다. 다음 질문은 '직업'이다.

'미친 짓'이라고 써. 알렉스가 제안한다.

내가 킬킬 웃었다. 미친 사람처럼 난리를 떠는 것이 엄마가 전업으로 하는 일이기 때문이다.

오늘 아침에 엄마가 뭐라고 했는지 아는가? 엄마는 침대에서 괴로움에 몸부림치다가 울다가 하고 있었는데, 문틈으로 고개를 들이밀고 알렉스와 내가 나간다고 하자 이렇게 말했다.

"이 쬐끄만 변태야. 너 땜에 내가 죽겠다, 죽겠어!"

처음 있는 일도 아니다. 엄마는 아빠를 포함한 복수형으로 "우리가 죽겠다"고 하지 않는다. 이건 다 엄마의 문제이기 때문이다.

그래서 우리가 이렇게 하고 있는 것이다. 우리는 여자다운 여자아이로 완전히 변신할 것이고, 나는 새 학교에 다닐 것이다.

신청서 나머지는 알레르기, 예방 접종, 비상시 연락 번호, 그리고 '유의해야 할 질병이나 건강 상태'를 쓰라는 것이었다. 그 칸은 채우지 않고 비워 두었다.

아무것도 안 쓸 참이야? 알렉스가 묻는다. 쓸 게 없어?

선택 과목을 고르는 또 다른 신청서를 맨 위에 올렸다.

목공

금속 공예

음악

건축, 건설

드라마, 연극

체육

비즈니스/법률

자동차

웹 디자인

역사

뒷면에 뭐가 있나 싶어 신청서를 뒤집어 보았지만, 아무것도 없다. 그게 다였다.

한참 동안 엄지로 펜을 딸깍 딸깍 했다. 딸깍 딸깍. 비즈니스/법률도 괜찮을 것 같아. 동그라미를 쳤다. 역사도 괜찮겠지. 숙제는 대부분 인터넷 검색으로 해결할 수 있을 테니까.

드라마는 이제 더 필요 없어. 체육은 땀내 나는 탈의실에서 맨날 옷을 갈아입어야 하겠지. 으으으, 됐어.

세상의 모든 과목이 다 있다면 난 뭘 선택할까?

바느질을 선택할 것이다. 그런데 그런 수업은 여기 없다. 나 같은 사람이 패션을 좋아하는 게 좀 뻔해 보인다는 건 안다. 근데 나는 패션에 꽂힌 건 아니다. 그저 여자 옷이 좋은 것이다. 남자 옷하고는 원단이 다르다.

유치원에서 했던 옷 입기 놀이가 기억난다. 나는 요정 의상을 골랐다. 날개 한 쌍이 달린 공주풍 드레스였는데, 온통 분홍색이었다. 꽃분홍. 날개는 아주 보드라웠고 치마는 까슬까슬했다. 치마를 쓰다듬으면 손가락 사이의 감촉이 정말 좋았다.

엄마가 나를 데리러 왔다가 방 저쪽에서 꽃분홍 날개를 달고 치마를 쓰다듬는 나를 보았다. 내가 여기저기 똥이라도 싸지른 것처럼, 두려움과 수치스러움이 엄마 얼굴에 번쩍 스쳤다. 내가 뭔가 잘못되었음을 그때 처음 깨달았다. 엄마의 표현일 따름이지만, 어쨌거나.

그렇게 페티시3가 생기는 거지. 알렉스가 진지하게 말한다.

아니야, 너는 원래 페티시를 가지고 태어났어. 유치원이 그걸 발견하게 해 준 거야. 내가 반박했다.

그가 삐죽거린다. 알렉스는 다 제 잘못이라고 생각하길 싫어해서 엄마 잘못으로 돌리려는 경향이 있다.

유치원 시절에서 내가 유일하게 기억하는 것은, 나가고 싶지 않아서 침대 아래에 숨었던 일이다. 그때 아빠가 내 발목을 잡고 어찌나 빨리 끌어냈는지 카펫에 무릎이 살짝 까졌다.

아빠가 나한테 거칠게 했지. 알렉스가 말한다. 아빠는 종종 레슬링을 하자고 했는데 가끔은 이러다가 뼈가 부러지는 게 아닐까 싶었다.

행정실 선생님이 서류판을 돌려달라고 했다. 새파란 눈에 핏기 없이 창백한 얼굴을 하고 있었다.

나는 금속 공예에 재빨리 동그라미를 쳤다.

목공으로 했어야지. 알렉스가 불평한다.

네가 우드 장군[4]이잖아. 그에게 말했다.

킬킬거렸더니 행정실 선생님이 이상한 눈으로 쳐다보았다.

행정실 선생님이 로비를 지나 내 앞으로 걸어왔다. 총잡이처럼 허리춤에 열쇠들을 매달고 있다. 창고 문을 열자 비닐에 싸인 교복이 보인다. 약간 전율이 일었다. 남학생은 검은색 바지와 회색 셔츠를 입고, 여학생은 칼라 끝이 둥근 흰 셔츠에다 벨트가 달린 빨강 초록 타탄 체크 무늬의 점퍼스커트를 입는다.

교복을 몸에 대 보았다. 앞코가 둥근 에나멜 구두에 무릎 양말을 신고 이 교복을 입어야겠다. 행정실 선생님이 교복을 내 겨드랑이에 끼우고 잘 맞는지 가슴에 눌러 보았다.

"걱정 마라. 나도 늦게 커진 경우야."

그녀가 말했다.

커다랗게 늘어진 선생님의 젖가슴을 흘깃 보지 않을 수 없었다. 내 얼굴에 싫어하는 티가 났는지 선생님이 윙크를 했다.

그리고 다시 서류를 들여다보면서 말했다.

"우리 딸이 너랑 같은 학년이야. 시에라."

처음에는 나를 시에라라고 부른 줄 알았다.

"아, 네."

시에라는 '산'이라는 뜻 아닌가? 알렉스가 묻는다.

그 다음엔 아무 말도 없어서 내가 이렇게 덧붙였다.

"시에라를 찾아봐야겠네요."

"내가 그 애더러 친구가 되어 주라고 할 수도 있는데."

"그거 정말 좋겠네요."

내가 말했다.

"이제 다 됐다."

내 교복을 비닐 가방에 넣으며 행정실 선생님이 말했다.

"이제 출생증명서랑 예방 접종 확인서 한 부만 제출하면 돼."

"뭘 제출한다고요?"

"출생증명서 말이야. 그리고 예방 주사를 맞은 날짜 기록이 있어야 돼. 엄마가 아실 거야. 오늘부터 수업 들을 거니?"

선생님이 물었다.

"아니요. 제가 좀……"

이렇게 말하면서 어깨 너머를 엄지로 가리켰다. 마치 그걸로 설명이 될 거라는 듯이.

"일이 있어서요."

애매하게 말을 맺었다.

"출생증명서 한 부요. 잘 알겠습니다."

3

알렉스와 나는 크로켓과 카셀: 상속, 이혼, 유언장 법률 사무실에서 기다리고 있다. 색맹인 사람이 1982년에 인테리어를 한 모양이다. 벽은 레몬색인데다 먼지를 뒤집어 쓴 식물 화분과 지팡이 꽂이가 있다. 해변 야자수 밑에 사람이 누워 있는 그림이 하나 걸려 있는데, 그림 전체는 작은 삼각형들로 이루어져 있다. 클립아트처럼 보이기도 하고 록 밴드의 앨범 재킷처럼 보이기도 한다.

잘못 왔나, 후회가 된다. 크로켓과 카셀이 실력 있는 변호사라면 사무실이 번쩍번쩍하지 않을까?

접수대에 직원이 있다. 책상과 대기실 사이에 있는 불투명 유리 창문은 닫혀 있다. 밥맛없는 고객이 좀 있는 모양이다.

알렉스와 나처럼 말이다.

이쯤에서 그만해야겠다. 실은 알렉스와 나는 둘이 아니기 때문이다. 우리는 한 사람이다. 이미 눈치 채셨으려나. 책 광고문을 보고 이미 짐작하셨겠지. 내가 힌트도 좀 넣어 두었고.

알렉스와 나는 한 사람이지만 내겐 두 사람처럼 느껴지는데, 바로 이것이 문제다. 항상 그런 느낌이 있었지만, 내가 5일 전 약 복용을 중단한 뒤로 이제 더는 다른 알렉스가 될 수 없다는 것이 분명해졌다. 그것 때문에 아빠가 우리를 떠났다.

나를 떠났다.

접수대 직원 아줌마가 창을 열었다.

"들어오세요."

좁은 레몬색 복도 쪽으로 고개를 내밀고 말했다.

어질러진 사무실 안으로 살금살금 들어갔다. 크로켓 씨는 숱 많은 눈썹에 약간 들창코여서 코알라처럼 보였다. 예순 살쯤이려나. 내 뒤에 진짜 고객이 있을 줄 알고 쳐다보다가 나밖에 없다는 것을 깨닫고 화가 난 듯했다. 나도 당황스러웠다.

"무슨 일로 왔니?"

이런 장난에 시간 낭비하고 싶지 않다는 듯, 그는 벌써 지루해 했다. 내가 엉터리 불우이웃돕기 초콜릿이라도 팔러 왔다고 생각하는 모양이다. 서류를 휙휙 넘기더니, 서류철 더미 위에 노란 종이 철을 하나 더 올렸다. 귀에는 볼펜을 꽂고 있었다.

"새 출생증명서가 필요해서요."

"그건 '출생·사망·혼인'이라고 씌어 있는 데서 가져가면 돼. 양식을 작성하면 아주 간단한 일이야. 접수대의 하이디가 도와줄 게다."

이렇게 말하고 그는 손목시계를 들여다보았다.

나는 입을 열었지만 어디서부터 시작해야 할지 몰랐다.

좋아, 이렇게 시작해 보자.

"아니에요. 저는 **새로운** 출생증명서가 필요해요. 제 성별을 법적으로 변경하고 싶어요."

그가 나를 보았다. 뚫어져라 쳐다보았다. 기억하는 한, 언제나 사람들은 나를 그렇게 쳐다본다. 내가 여자가 되고 싶은 남자인지, 남자가 되고 싶은 여자인지 알아내려는 것이다.

나도 크로켓 씨를 뚫어져라 쳐다보았다. 그의 코에서 털이 삐져나와 있었기 때문이다. 아무리 바쁘고 아무리 중요한 사람이라 하더라도 그 정도는 신경 쓸 수 있을 텐데.

내가 여자인지 남자인지가 왜 중요하지?

하지만 중요하다. 정말, 정말 중요하다. 어느 쪽인지 사람들은 알고 싶어 한다. 길에서 그냥 스쳐 지나가는, 다시는 안 볼 사이일 때에도 사람들은 당신이 남자인지 여자인지 판단하려 든다. 어처구니없는 일이다. 대부분이 회색 지대는 생각하지 않는다. 헛갈리면 기분 나빠한다.

판단하기 어려우면 불쾌해한다.

나에게 그건 회색 지대다. 희끄무레한 회색. 우리는, 알렉스와 나는, 얼 그레이 백작과 그레이 백작 부인이다.

이제 독자 여러분도 알게 되었으니, 아마 내가 어떻게 생겼는지 궁금할 것이다. 나는 틸다 스윈튼, 케이트 블란쳇 같은 얼음 여왕 분위기다. 예쁘다고 할 수도 있고 못생겼다고 할 수도 있다. 피부가 희고 팔다리가 길고 골격이 튼튼하다. 사람들은 나를 보고 감정적인 반응을 일으킨다. 감탄과 혐오. 내가 남자인지 여자인지 파악이 안 되기 때문이다.

"몇 살이니?"

그가 물었다.

"열일곱."

나는 입술을 깨물며 대답했다.

"……이 돼요, 곧……. 1년 반 뒤에요."

그는 서류를 내려놓고 책상 위에서 손깍지를 꼈다.

"미안하다. 우리는 유언장이나 계약서 작성, 재산권 문제 같은 걸 다룬단다. 여긴 그런 일을 하는 데야. 너는 지금 어떤……"

크로켓 씨가 손짓을 동원하며 적절한 말을 하려고 애썼다.

"심대한 일을 겪는 중인 모양인데, 우리는 너한테 맞는 곳이 아니란다."

"그럼 제가 어디로 가야 하나요?"

나는 손톱을 잡아 뜯으면서 설명했다.

"저는 새 학교로 전학을 가고 싶은데, 여학생으로 가고 싶어요. 그런데 제 출생증명서를 보고 싶대요. 거기엔 제가 남자로 되어 있거든요."

"그냥 새 학교 선생님들한테 말하면 되지 않을까?"

"그냥 말을 해요?"

"그래."

나는 아랫입술을 깨물었다. 알렉스가 이렇게 말했다.

"그러면 이러겠죠. '아, 그래. 좋아. 어서 와! 트랜스젠더 변태가 귀여운 아들딸들과 함께 옷을 갈아입는 걸 두고 우리 학부모들은 아무도 문제 삼지 않아. 왜냐, 우리 학교의 남자 영어 선생님은 여자 란제리를 즐겨 입고, 여자 미술 선생님의 남자친구는 잘생긴 사이코 변태거든. 너는 우리 학교에 딱 맞는 학생이야!'"

크로켓 씨는 오랫동안 나를 쳐다봤다. 내가 말을 심하게 해서 화가 났나 싶었다. 한참 후에 그가 말했다.

"성별을 변경하는 건 네 마음대로 되는 일이 아니야. 청소년기는 아주 혼란스러운 시기고. 네가 결정을 내리기 전에 더 오래 생각해 봐야 할 것 같다."

나는 화가 났다. 지나가다가 그의 사무실에 들어온 김에 이렇게 생각한 것이 아니기 때문이다. **음, 성별이나 한번 고쳐 볼까.**

뭐, 그랬을지도 모르지만 오래전부터 하던 생각이다.

어떤 느낌인지 아는가? 시작부터 잘못된 느낌이다. 내면의 느낌이 그렇다. 내가 태어났을 때 다른 사람들은 **고추가 있으니 남자가 틀림없다**고 했지만, 나의 내면은 남자가 아니다.

크로켓 씨에게 말했다.

"누가 어떤 노래에 엉뚱한 가사를 붙여서 노래하는 거 들어 본 적 있으세요? 누군가 유명한 비틀즈의 노래를 엉터리로 부른다고 생각해 보세요. 한 사람만 원래 그런 노래인 줄 알고 부른다면 아주 멍청해 보이겠죠. 그런데 모든 사람이 엉터리로 노래하고 심지어 비틀즈도 그렇게 부른다고 상상해 보세요. 그러면 '그래, 말도 안 되지만 그게 진짜 가사인가 보다.' 하게 되겠죠. 그런 거예요."

말하는 동안 크로켓 씨는 줄곧 나를 쳐다보았지만, 그가 이해했는지 어떤지는 알 길이 없다. 나는 왜 그가 이해할 거라고 생각했을까.

"부모님한테는 말씀드려 봤니?"

나는 고개를 푹 떨어뜨리고 손을 쳐다봤다. 손톱엔 진한 자주색이 칠해져 있지만, 손톱을 물어뜯어서 칠이 반쯤 벗겨져 있다. 손가락이 문틈에 끼어 멍든 것처럼 보인다.

"엄마한테 얘기했어요."

나는 천천히 말했다.

"그랬더니 나더러 변태라면서, 나 땜에 못 살겠대요."

뒤에 한 말은 입 밖으로 내뱉기 어려워서 잠시 쉬었다가 말했다. 자전거에서 떨어져 팔꿈치를 바닥에 주욱 긁었는데, 피부가 다 까져 버린 걸 깨닫고 쳐다보기 두려워하는 기분과 비슷했다.

엄마는 내가 변할 거라고, 말도 안 듣고 엄마를 화나게 만드는 것도 그저 십대라서 그런 거라고, 어느 날 잠에서 깨어나면 남자 몸에 갇힌 여자라는 느낌이 싹 사라질 거라고 믿는다.

그러나 아빠는 이게 장난이 아니라는 것을 안다.

"아저씨, 사무실 단장 좀 하셔야겠어요. 사무실이 이러니까 세련되지 못해 보여요. 일도 열심히 안 할 듯한 인상을 줘요. 다른 색으로 칠해 보세요. 그리고 그림은 눈높이에 걸어야 해요. 보라고 걸어 두는 거니까요. 새 집처럼 변신시켜 주는 티브이 프로에서 봤어요."

내가 방을 둘러보며 말했다.

"아버지는?"

그가 물었다.

"제가 그 얘길 했더니 집을 나가 버리셨어요."

나도 모르게 입술이 오른쪽으로 이상하게 올라가서 억지로 끌어내렸다.

크로켓 씨는 가만히 나를 쳐다보기만 했다. 무슨 생각을 하는지 알 수가 없다. 그는 수수께끼 같은 표정을 짓고 나는 아슬아슬한 절벽 위에 있는 것 같다. 사람들 대부분은 그냥 보기만 해도 내가 약간 이상하다는 걸 알았지만, 내가 입을 열어서 도움을 청하는 것은 이번이 처음이다.

그가 말했다.

"미안하구나."

4

www.motherhoodshared.com

처음 글을 올려봅니다. 약 15년 전에 아이를 낳았는데, 분만 직후에 사람들이 한참 동안이나 아기를 안아 보게 해 주지 않았어요. 그리고 아들인지, 딸인지 제가 계속 물어도 말은 안 하고 쳐다보기만 하더라고요. 사람들이 아기를 받아서 감싸 안고 아무 말도 하지 않더군요. 서로 쳐다만 보고 있었어요.

결국 아기를 받아 안긴 했는데 뭔가 잘못되었다는 걸 알았죠.

소아과 의사가 들어와서 우리 아이가, 정확한 용어는 기억 못 하겠는데, 성별이 모호하다고 말했어요.

의사들은 검사를 해서 아기가 어느 쪽에 가까운지 판단하고, 그 성별에 맞게 아이를 키우라고 조언했어요. 검사를 하려면 제 호르몬이 아이 몸에서 다 빠져나갈 때까지 기다려야 한다면서 모유를 주지 말라더군요. 제 생각에는 거기서 아이랑 특별한 유대감을 만들 기회를 놓친 것 같아요.

아기는 고추를 달고 나왔는데, 보통 크기가 아니었어요. 남편과 저는 고추가 있으니 남자아이겠지, 생각했죠. 의사들이 말하길, 아기에게 고환은 없고 난소가 있다더군요. 그리고 나중에 난소를 제거할 수도 있다고요. 아이는 호르몬을 보충하는 주사를 맞았어요.

우리는 아기를 알렉스라 불렀어요. 알렉산더도 아니고 알렉산드라도 아니고 그냥 알렉스라고요.

의사들은 늘 온갖 검사를 해보고 싶어 했어요. 그리고 알렉스가 어떤 장난감을 가지고 노는지, 여자아이들과 많이 노는지, 남자아이들과 더 많이 노는지, 수동적인지 공격적인지를 저더러 기록하라고 했어요. 아이가 네 살이 되자 주사를 경구 호르몬제로 바꾸어서 아이가 계속 남자아이로 성장하게 했죠.

우리는 일지를 써야 했고, 몇 달에 한 번씩 전문가를 찾아갔어요. 일지를 계속 쓰면 그 생각에서 벗어날 수가 없어요. 매일 매일 그 생각을 해야 되니까요. 아이를 공원에 데려가서 그네 타는 모습을 지켜보는 것도 맘 편히 하기 어려워요. 끊임없이 분석하고 비교하게 돼요. 하나하나가 다 어떤 표시이니까요.

시험 삼아 몇 달 간 일지를 적지 않았더니 의사가 길길이 뛰더군요. 데이터가 없으면 의학적 판단을 내릴 수 없다, 우리가 아들의 건강한 발달을 돕지 않는다고 하면서요.

압박감이 엄청 심했고 남편과 저는 싸우기 시작했어요. 그전에 우리는 아이를 많이 낳으려고 했는데, 이런 일이 또 일어날까 봐 아이를 그만 갖기로 결정했어요. 남편이 그렇게 결정했죠. 저는 더 낳고 싶었고요. 그러다가 제가 남편에겐 말하지 않고 피임약 복용을 중단했는데, 나중에 보니 남편은 정관 수술을 받아 놓고서 나한테 말하지 않았더군요. 이왕 사생활 얘기가 나왔으니 털어놓자면, 저는 남편 몸에 흉터가 생긴 걸 보고 암이나 뭐 나쁜 건가 싶어 걱정했거든요. 그렇게 걱정하게 하다니 남편이 잘못한 거잖아요.

남편은 일지를 쓰지 않으면 훨씬 살기 편해질 거라 생각했어요. 알렉스를 의사에게 데려가는 것도 그만두자 했고요. 어쨌든 긴 얘기를 간단히 줄이자면, 우리는 매사에 의견이 달랐고, 싸움을 하다 보면 모든 게 그 문제 쪽으로 가 버렸어요.

알렉스가 자라면서 남편은 아이한테 설명해 줘야 한다고 생각했지만, 이미 약간 어긋나 있는 아이와 어떻게 그런 대화를 시작해야 하는 걸까요? 나는 아이가 모르는 편이 낫다고 생각했어요. 그러면 아이가 그 문제로 불안해하진 않을 테니까요.

어젯밤에 알렉스가 저녁 식탁에 앉아서 자기는 여자라는 거예요. 난 여자야, 딱 두 마디 하지 뭐예요.

그러자 남편이 저한테 폭발했어요. 저는 눈물만 계속 나더라고요. 남편은 여행 가방을 싸서 집을 나갔어요. 자기 동생네 집으로 가버렸어요. 저는 아직도 울고 있어요.

감당이 안 돼요. 알렉스를 보면 제가 그 애를 사랑하는 것 같지가 않아요. 우리가 정상적인 아이를 낳았다면 삶이 훨씬 나았겠죠.

크리스마스에는 남자 장난감, 여자 장난감으로 딱 구분되지 않는 것을 찾아서 가게를 돌아다녀야 해요(그런 걸 찾기는 아예 불가능해요). 그리고 선물 포장을 뜯을 때 표정을 살펴서 아이의 호르몬이 균형을 제대로 잡고 있는지도 확인해야 하고요. 그런 건 크리스마스가 아니에요. 지옥이죠.

저는 아주 화가 나요. 알렉스에게 화가 나는 거예요. 이걸 어떻게 넘어서야 할지 모르겠어요. 이러면 나쁜 엄마라는 거 알아요. 하지만 남편이 혼자만 집을 나가 이 생활에서 벗어나는 것은 불공평해요. 저도 이제 한계에 도달했어요. 저야말로 이런 생활에서 벗어나 휴식을 얻고 싶어요.

헤더

댓글

셰릴 : 힘내세요. 당신을 위해서도 매일 기도할게요.

태미 : 아이와 함께 있다는 건 운이 좋은 거예요. 전 남편이 저를 조종해서 불공평한 양육권 합의에 서명하게 했어요. 그 합의를 법원에서 인정하는 바람에, 저에게는 이제 가끔 아이를 보러 가는 권리밖에 없답니다. 충분히 자주 갈 수 있는 것도 아니에요. 아이를 키울 수 있다는 것에 감사하셔야죠.

수지 : 부정적인 것은 아무한테도 말하지 마세요. 그런 느낌을 다른 사

람과 나누지도 마시고요. 그러기 어렵다는 건 알지만, 양육권을 한번 잃었다가 되찾으려면 거의 슈퍼맘이 되어야 해요.

제스 : 제 생각에 미움은 치유해야 할 감정이에요. 그러다가 나중에 그 감정이 하나님께로 향하게 될지도 몰라요.

디디 : 글 잘 봤어요. 우리 집 쌍둥이는 제왕절개로 낳았는데, 그때 제가 수혈을 받느라 분만 후 12시간 동안 아기들을 보지 못했어요. 다른 아이들한테 느끼는 끈끈한 유대감이 그 아이들하고는 느껴지지 않는답니다.

5

집을 향해 걸어가고 있다. 알렉스와 내가. 우리를 계속 분리해서 이야기해도 독자 여러분은 상관없겠지? 그러는 편이 더 말이 된다. 우리는 두 명의 보통 아이들 같다. 친한 친구처럼 가끔은 아주 사이가 좋고 어떤 때는 의견이 엇갈리기도 한다. 친한 친구가 아닌 다른 사이로 보는 것은 약간 음란하다. 그렇다. 내가 느끼기에도 음란하다. 어쨌거나 우리는 함께 있다.

우리 집은 튜더 스타일5이다. 항상 일정한 온도를 유지한다. 아빠가 에어컨을 설치하는 일을 하기 때문에 우리 집은 가장 좋은 온도 조절 설비를 갖추고 있다. 보통 포도주 가게 창고나 극장 같은 곳에서 일정한 온도를 유지하려고 사용하는 설비다. 우리 집은 일정하고 예측 가능한 방식으로 냉방이 된다.

우리 집 지붕 두 개가 만나는 모서리에는 터렛이라고 하는 작은 탑이 있다. 나머지 부분은 정말 배치가 엉망이다. 아래층 화장실이 냉장고 바로 옆에 붙어 있다거나 하는 식이다. 부엌과 욕실이 등을 맞대고 있기 때문이다. 사이에 벽이 있긴 하지만 그래도 역겨운 건 역겨운 거다. 또 집이 3층 높이인데 다락방은 쓸모가 없다. 다락방에 가려면 사다리를 타고 올라가야 한다. 물건을 거기에 놓고 싶으면 머리 위로 들어 올리거나 물건을 들고 사다리를 올라가야 한다. 그러니 기본적으로 다락방에는 가구가 없다. 신발 상자만 엄청나게 많다. 이건 무척 흥미진진하게 들린다. 기발하고 환상적인 그림책 같은 것이 떠오르지 않는가? 그러나 그 상자들은 별로 흥미진진하지 않다. 서류와 일지, 오래된 일기들뿐이다.

그러면 이렇게 말하겠지.

"오호, 오래된 일기라, 그거 재밌겠는걸."

나도 그렇게 생각했지만, 전부 엄마가 쓴 그 일기에는 알 수 없는 문구들만 나열되어 있다. 화분 흙, 애나 10시15분. 신디와 놀았음 등등.

들여다본 지도 몇 년이 지나서 정확히 뭐라고 씌어 있었는지 기억이 안 난다. 요컨대, 3층 집이라고 하면 엄청 클 것 같지만, 꼭대기에는 쓸 데 없는 것이 가득한 신발 상자만 많다는 것이다. 그래도 다락방은 터렛을 위해 필요하니 그만한 가치가 있다고 본다. 밖에서만 탑이 보여서 그렇지.

거기서 우리 모두를 위한 교훈을 얻어야 합니다. 알렉스가 티브이에 나오는 목사 흉내를 낸다. 내 몸속에도 온갖 쓸데없는 것들을 구획해서 넣어 둔 작은 탑이 있고, 그 아래엔 배치가 엉망인 층도 있다는 뜻이리라.

앞마당은 없다. 집은 거리에 바로 면해 있는 모퉁이 블록에 있다. 길모퉁이에는 참나무가 한 그루 있다. 마치 태초부터 있던 것 같다. 나무가 홍수와 폭풍우와 지진을 견디며 서 있는 장면이 미속 촬영 영화가 펼쳐지듯 머릿속에 떠오른다. 참나무는 정말 멋지다. 어떤 사람들은 그 나무를 보고 수많은 커피 테이블을 생각하겠지만.

참나무와 터렛이라. 무슨 술집 이름 같군.

아무리 내가 사랑하는 참나무와 터렛이 있어도 나는 집으로 가고 싶지가 않다. 엄마가 현관 계단에서 기다리고 있다. 엄마는 심하게 충혈된 눈에, 구겨지고 보풀이 일어나고 물이 빠진 트레이닝 복을 입고, 슬리퍼를 신고 있다. 머리 뿌리 부분에는 흰머리가 드러나 있다. 탈수기에라도 들어갔다 나왔는지. 크리니크 언니와는 정반대다.

참나무 아래에 멈춰 서서 단단한 나무 몸통에 손을 갖다 댔다. 나무 아래로 햇빛이 어룽거리고 내가 지구와 연결되는 느낌, 이곳이 내가 있어야 할 자리인 것 같은 느낌에 잠시 빠졌다. 그리 자주 일어나지 않는 일이다.

엄마가 팔을 뻗었다. 피해서 옆에 앉았더니 엄마가 나를 끌어안고 흐느껴 울었다.

알렉스는 그런 데 속아 넘어가지 않는다. 엄마는 내 기분을 달래려고 안아 주는 것이 아니라 스스로 나쁜 엄마가 아니라는 확신을 얻기 위해 안아 주는 것이다. 꼬마 변태 녀석조차 아직도 품에 안아줄 수 있다는 거다.

"사랑해."

엄마가 속삭였다.

안긴 것은 남자 알렉스였다. 나는 벨트 고리에 손가락을 넣고 뒤에 서 있었다.

이 포옹은 순전히 엄마를 위한 것이다. 엄마가 사랑을 주는 것에 관한 일. 괴물인 나에게 여전히 사랑을 주시다니 참 자상하기도 하시지. 엄마는 스스로를 칭찬한다.

엄마가 내 어깨를 문지르며 말했다.

"피자 시켜 먹을까?"

그러지 뭐. 분위기가 더 좋아질 테니까.

엄마는 노력하고 있다. 기억하는 가장 오래전부터 나는 머릿속에서 늘 여자였지만, 엄마한테는 이게 아주 낯선 일일 것이다. 나는 고개를 끄덕거리고 함께 집으로 들어갔다.

엄마에게 힘든 일이라는 것을 안다. 자식이 커밍아웃을 하는 것과 비슷할 것이다. 나는 동성애자가 아니니까 이게 커밍아웃은 아니지만 말이다. 실은 내가 동성애자인지 잘 모르겠다. 나는 여자가 더 매력적이라고 느끼는데, 섹스에 대해 생각할 때면 (섹스 생각을 많이 한다. 나는 우드 장군이니까.) 여자 몸을 상상할 때에 그렇게 느낀다. 어쩌면 나는 레즈비언인지도 모른다. 여자 몸이 된 나를 상상하는 것도 흥분되지만 말이다.

다른 사람들은 그런 성적인 판타지를 품고 있지 않을 것 같다. 어떤지는 모르겠지만, 아무도 나 같지는 않겠지. 양쪽 다 되는 것 말이다. 하지만 다 내 머릿속에서 일어나는 일이니까 내 판타지에 등장하지 않는다고 기분 나빠할 사람은 아무도 없는 것 아닌가. 자신을 일단 내려놓아야 하는 곳이 있다면, 그건 제 성적 판타지 속일 테니까.

앞서 말했다시피 그건 혼란스럽다. 나를 두 사람으로 생각하는 게 더 편할 것이다. 그렇지 않은가.

피자 회사는 자동 주문 시스템으로 주문을 받는 곳이었다. 컴퓨터에다 대고 원하는 걸 말하는 방식이다.

내가 '채식주의자'라고 말했다.

죄송합니다. 소식주의자 말씀이십니까? 알렉스가 컴퓨터 목소리를 흉내 내며 말했다. 대식주의자…… 말씀이십니까? 아니면 의식주의자…… 말씀이십니까?

눈을 들어 보니 얼굴이 하얗게 질린 엄마가 옆에 서 있었다.

"치킨 베이컨 디럭스는 어때?"

엄마가 물었다.

"나 채식주의자야."

내가 말했다.

그렇다. 그렇게 결심했다. 방금. 실은 지구 위의 내 위치를 확인하면서 참나무 아래에 있을 때 했다. 다른 사람들은 그 나무를 거실 탁자로 보겠지만, 내게는 아주 아주 아름다운, 말 그대로 전능한 나무다.

마치 졸졸 흐르는 숲속 개울의 징검다리를 폴짝 폴짝 건너듯 내 잠재의식이 이렇게 말했다.

나는

생명을

죽이는

그런

사람이 아니야.

엄마가 끼익끼익 말을 한다. 얼굴이 온통 자주색으로 변하고 눈은 튀어나올 듯하고 이마에는 핏줄이 도드라진다. 줄리아 로버츠 이마에 있는 핏줄처럼 드러났지만, 섬세하거나 사랑스러워 보이지는 않고 이마 혈관이 탈출하려는 게 아닌가 싶다. 핏줄이 터질까 걱정스러울 정도다. 커다란 빨간 풍선처럼 엄마의 얼굴 피부 아래에 피가 가득 차오르다가 결국 빵 터져서 벽에 낭자하게 흩어질 것만 같다. 엄마 말이 귀에 들어오지 않았다. 무슨 얘기를 하는지 이해하기도 어려웠다.

이런 얘기였던 것 같다.

"이건 또 무슨 잔인한 짓이니?"

알렉스가 조용히 전화기를 엄마한테 건네며 말했다.

"치킨 베이컨 디럭스를 먹고 싶으면 그걸로 주문해. 그것 땜에 혈관이 터질 필요까진 없잖아."

내 말뜻은 다음과 같았다. 이런, 데엔장! 피자일 뿐이라구요, 아주머니! 정신줄 좀 놓지 말아요.

엄마가 전화기를 잡고는 그걸로 우리를 때리기 시작했다. 나는 몸을 웅크렸다. 엄마는 내 어깨를 여섯 번이나 때린 다음에 나를 놓치자 그대로 벽을 쳤다. 엄마는 숨을 고르더니 또 다른 뇌 폭발을 일으켰다. 이번에는 울면서 나를 다시 안으려고 했는데, 눈에 눈곱이 껴 있어서 역겨웠다. 뒤로 물러나서 우리 사이에는 부엌 벤치가 놓이게 되었다.

엄마가 소리를 질렀다.

"왜 못 만지게 하는 거니?"

알렉스가 말한다.

"구취 때문입죠."

그 말이 맞다. 엄마는 만성 잇몸병이 있어서 입 냄새로 사람을 쓰러뜨릴 수도 있을 정도이기 때문에 몇 년 전부터 나는 엄마와 포옹하고 싶지 않았다. 입 냄새가 없더라도 포옹을 하고 싶을지는 모르겠지만, 항상 그랬기 때문에 엄마 숨결이 닿지 않도록 고개를 저절로 돌리게 된다.

이러는 와중에도 내가 전적으로 이성적인 상태를 유지하는 것처럼 보일 텐데, 내게도 충격적인 일이기는 하다. 그런데 전혀 충격을 받지는 않았다. 나는 그런 데 익숙하다. 왜냐하면…… 엄마는 항상 그랬기 때문이다.

높이 솟은 울루루[6] 바위가 완전히 평정심을 유지하는 상태이고 반대편의 바다가 미치광이 살인마의 정신 상태라고 가정해 보자. 내가 기억하는 한, 엄마는 언제나 해안 고속도로를 오르락내리락하며 폭주하는 상태다.

가끔은 내륙 쪽으로 멀리 가 있을 때도 있지만 금세 떨치고 나와 다시 해안을 향해 간다.

엄마는 바닥으로 쓰러지더니 부엌 바닥을 데굴데굴 구르면서 신음하듯 말했다.

"내가 못 산다, 못 살아."

우리는 다시 그전 상태로 돌아갔다.

20분 후에 피자가 왔다. 엄마 지갑에서 20호주달러를 꺼내 지불했다. 각각 한 조각씩 두 조각을 잘라 내어 접시에 담고 엄마와 함께 티브이를 보면서 먹었다. 채식 피자는 정말 맛있었다. 위에 얹힌 페타 치즈가 짭짤했다. 나란히 피자를 먹고 있자니 나쁜 일은 전혀 일어나지 않은 것 같다. 엄마가 딸꾹질을 하는 것만 빼면. 우리는 험한 얘기를 한 뒤에도 그런 일 없는 척을 잘한다. 늘 하던 것이니까.

어쨌거나 그래도 나는 여자다.

6

아침에 알렉스가 피터팬 칼라의 블라우스에다 주름 잡힌 타탄 체크 점퍼스커트를 입고 무릎 양말을 신었다. 나는 은은한 광택의 분홍 아이섀도우를 바르고 립글로스를 칠했다. 혼자서 머리를 만지는 법도 인터넷으로 이미 다 찾아보았다. 엄마의 고데기를 써서 머리가 부드럽게 굽이치도록 손질했다. 그걸 다 마치자 우드 장군이 또 발동을 걸었다.

아, 정 궁금하다면 다 얘기해 드리지. 국수에 대해 알아야 할 모든 것을.

그건 정말 작다.

아니, 달리 보면 정말로 정말로 크다.

어느 쪽이든, 소유자 겸 점유자는 한 사람이니까 그건 꽤 경제적으로 작동한다고 하겠다. 알아들으시려나? 그 이야기는 이 정도로만 하겠다.

알렉스와 나는 새 학교에 가는 것이 떨리고 흥분되었다. 우리는 치마 주름을 매만지고 솔기를 손가락 사이로 잡아당기면서 살금살금 계단을 내려갔다. 엄마는 창가에 서서 커피 잔을 손에 들고 있었다.

엄마가 나를 보고는 얼굴이 하얗게 질리더니 이내 두 눈을 감는다. 1에서 10까지 세고 있다. 엄마가 무슨 생각을 하는지 뻔하다. 엄마가 눈을 뜰 때쯤이면 나는 사라지고 없을 것이다.

내가 자초한 일이지만, 씁쓸하고 시큼한 덩어리 같은 것이 목 안을 꽉 막은 느낌이 든다.

계단을 내려오면서 은근히 엄마가 나를 예쁘다고 생각해 주기를 바랐다. 머리를 만져 보고 칭찬하며 오늘 행운이 있기를 빌어 주었으면 했다. 이게 바로 내가 되고 싶은 여자아이의 모습이기 때문이다. 단정치 못하거나 우울한 여자아이가 아니라 여성스럽고 자신감 넘치는 소녀. 나는 이런 내가 마음에 드는데.

전철에서 내가 여자라는 것을 즐긴다. 머리를 쓸어 넘기고 다리를 꼰다. 손톱을 살펴본다. 아무도 나의 성별에 의문을 품지 않는 듯하다. 어떤 남자는 옆으로 지나가면서 "실례해요, 아가씨."라고까지 했다. 엄청난 변화다. 뒤에 있는 젊은 남자는 나를 유심히 보고 있다. 몸을 숙여 뚫어지게 본다. 나는 얌전한 척 눈을 내리깔지만, 내가 돌아보아도 남자는 여전히 쳐다보고 있다. 전화기를 든 걸로 보아 틀림없이 내 사진을 찍으려는 것이다.

아참, 전화기를 꺼내서 혹시나 하고 들여다보았다. 아빠한테 온 메시지는 없다.

메시지 작성 버튼을 누르고는 한참을 가만히 있었다. 결국 재빨리 **[아빠 안녕]**이라 치고 전송 버튼을 눌렀다. 주머니에 전화기를 집어넣었다. 아빠가 답을 하면 진동이 올 것이다.

창밖을 보고 있으려니 피자 사건을 생각하지 않을 수 없었다.

도대체 그게 뭐야?

엄마는 나를 사랑하려고 애쓴다. 두 분 다 애쓴다. 엄마, 아빠한테는 그게 왜 그렇게 힘든 일일까? 내가 사랑받을 만한 아이가 아니라서 그리도 열심히 노력해야 하는 걸까? 다른 부모의 아이들은 어떤지 모르겠지만, 자기 자식을 사랑하는 것이 그렇게까지 힘들 리는 없다.

새 메시지 없음.

독자 여러분은 내 예전 학교 친구들에 대해서도 궁금할 것이다. 사실 나는 왕따였다. 늘 약간 창피하다는 느낌이 있었는데, 기억하는 한, 언제나 내게 뭔가 잘못된 점이 있다는 게 확실했기 때문이다. 낚싯줄에 다리가 둘둘 감긴 갈매기 같다고나 할까. 해결하기 위해 할 수 있는 일이 아무것도 없다는 걸 깨달으면 문제를 보지 않으려고 애쓴다.

또한 그 일이 일어났기 때문에, 나는 그 학교로 돌아가지 못한다.

아주 나쁜 일이 있었다.

그 일에 대해서는 자세히 얘기하지 않겠다. 독자 여러분은 이미 나를 불쌍히 여기고 있을 텐데, 그걸 다른 걸로…… 예컨대 분노로 바꾸게 하고 싶지 않기 때문이다. 대신 내 장점을 이야기할까 한다.

나는 리듬에 맞춰 박수를 치는 '클래핑'를 굉장히 빨리 한다.

가장 빠른 속도의 클래핑을 상상해 보라. 난 그걸 할 수 있다. 1초에 여섯, 일곱 번 손뼉을 친다. 벌새처럼 빠르다. 손이 안 보일 정도다. 여러분도 지금 해보고 있겠지?

아, 1초에 다섯 번 정도는 할 수 있겠지만, 1분 내내 매초마다 예닐곱 번이나 할 수 있는가? 못할 것이다. 그건 특별한 재능과 끈질긴 노력이 필요한 일이다.

지금 여기서 그걸 보여 주긴 어렵다. 나와 똑같은 교복을 입고 같은 정거장에서 내린 아이들이 주위에 수두룩하기 때문이다. 나는 그 아이들을 따라 사암으로 만들어진 커다란 교문을 지나간다. 입구 쪽 정면 광고판의 거대한 여자애한테 미소를 지어 주었다. 그 애가 나일 수도 있으니까. 내가 그 애일 수도 있고.

나에게는 다른 장점들도 있다. 나쁜 점만큼 좋은 점도 많을 것이다. 나는 여자애라고 보면 예쁘다. 그리고 여자애치고는 키가 아주 크다. 팔씨름을 하면 여기 있는 기집애들을 전부 이길 것이고 남자애들도 절반은 이길 거라 장담한다.

조회를 하고 있다. 교정에 엄청나게 많은 아이들이 앉아 있다. 상급생들은 뒤쪽 위의 의자에 앉아 있다. 나는 어디로 가야 할지 전혀 몰라서 팔짱을 낀 채 옆에 섰다. 몇몇 아이들이 쳐다보았지만 내가 정상으로 보이기 때문에 대부분은 신경 쓰지 않는다. 또 교복을 입고 있기 때문에 내가 전학생인 줄도 모른다.

누가 내 팔을 툭 쳤다. 같이 앉자. 그 애가 말했다. 그 애 이름은 아미나였다. 나와 눈높이가 같다. 내 키가 177센티미터니까 얘도 여자치고는 정말 큰 키다. 음악 소리처럼 깊고 듣기 좋은 목소리에 부드러운 억양이다. 소말리아계라고 했다. 옷깃에 달린 작은 배지를 보니 학생회 임원에다 운동부 주장이다. 아미나는 지금까지 존재한 지구인들 중에 가장 아름다운 사람이다.

앞에 있는 선생님이 지역 육상대회와 도서관 패션쇼에 대해 이야기한 다음, 페이스북에서 왕따를 시키면 안 된다는 내용의 긴 연설을 했다.

조회 시간이 끝나고 수업을 받으러 가는 길에 아미나가 내 시간표를 들여다보았다. 아미나는 눈살을 찌푸리더니 머리카락을 귀 뒤로 쓸어 넘겼다.

우리는 교실 밖에 멈춰 섰다. 아미나가 벽에 몸을 기대고 무슨 이야기를 했는데, 기억이 전혀 나지 않는다. 그 애 입술을 쳐다보느라 바빴기 때문이다. 입술 안쪽이 정말 밝은 분홍색이었다. 가끔은 혀가 살짝 보였다. 그 애가 어깨를 으쓱하며 말을 끝맺었다.

"그래서 쿠키가 바스러지는 거야."

기가 막히게 예쁘다.

쉬는 시간에 어디서 만날지를 그 애가 알려 주었다.

어떤 일이 벌어질지 예상이 되지 않는가? 내가 아미나와 사랑에 빠지겠지(아, 아니, 이미 사랑에 빠졌다). 그건 정말 정말 복잡하고 지극히 일방적인 사랑이 될 텐데, 아마 내가 마음에 상처를 입는 걸로 끝날 것이다. 아미나가 그냥 거부하는 것이 아니라 나한테 **혐오감**을 느끼게 된다면 그건 더 나쁜 결말이다. 그 애는 모든 사람들에게 내 국수에 대해 이야기할 것이고, 그러면 나는 남자들이나 하는 정말 잔혹한 방법으로 자살하겠지.

그렇게 될지도 모른다.

어쩌면 다른 식으로 끝날지도 모르지. 내가 남자든 여자든 무엇이든 간에, 뜻밖에도 나의 반쪽을 만난 것으로. 우리는 하나가 되고, 나는 그 애한테도 국수가 있다는 걸 알게 되는 거지.

그러면 우리는 웃고 또 웃겠지!

7

www.motherhoodshared.com

남편은 며칠이 지나도록 계속 동생네 집에서 지내고 있어요.

어제 저는 스스로를 오랫동안 찬찬히 보았어요. 알렉스가 집에 오기를 기다렸죠. 아이가 화장을 좀 하고 나타났지만, 내버려 뒀어요. 그 애는 남자일 때도 가끔 화장을 했어요.

우리는 정말로 따뜻하고 긴 포옹을 했어요. 십대 자식하고는 포옹을 자주 하지 않게 되죠. 안고 있으니 참 좋더라고요. 오랜만에 진짜 연결된 느낌이 들었어요. 그러고는 집으로 들어가서 기념으로 피자를 먹자고 했죠. 저는 항상 식단을 아주 엄격하게 관리해요. 알렉스가 아기였을 때 장에 문제가 많았거든요. 채소를 아주 엄격하게 챙기면 그 문제가 훨씬 나아졌죠.

어쨌든 우리는 안으로 들어갔는데, 아이가 전화기를 들고 채식 피자를 주문하지 뭐예요! 최근 몇 년 동안 피자를 자주 먹진 않았지만, 알렉스는 언제나, 언제나 치킨 베이컨 디럭스를 시켰거든요. 그러면서 선언하듯이 자기가 채식주의자라는 거예요.

어제는 치킨 베이컨 피자를 좋아하던 십대 아들이, 오늘은 채식주의자에 복장도착자가 되다니. 저는 엉엉 울기 시작했어요. 그 다음 무슨 일이 벌어졌는지는 모르겠어요.

애가 채식주의자가 되고 싶은지 아닌지는 문제도 아니에요. 그런 건 기꺼이 지지해 줄 수 있어요. 문제는 그 애가 아무 상의도 없이 그렇게 말하며 자신을 드러내는 방식이에요. 그 애는 나한테 와서 고기 먹는 일에 대해 제 생각을 털어놓지 않았어요. 그냥 결정해 버리고 나한테는 얘기만 했죠.

갑자기 여자가 되기로 한 것도 그거랑 똑같아요. 저는 어떤 면에서는 준비가 되어 있었어요. 그 애의 인생 전체와 함께해 왔지만, 그런 일이 일어날 때면 저는 아직도 충격을 받아요. 경고 신호 같은 게 있을 거라고, 우리한테 질문을 많이 할 거라고 생각했어요. 질문을 두려워하기는 했지만, 어떤 면에서는 아이가 질문하는 편이 이보다는 나았을 것 같아요.

저는 아웃사이더가 된 기분이에요. 알렉스는 내가 모르는 사람이 되어 가고 있어요. 딸이 있어서 같이 옷도 사러 다니면 얼마나 좋을까 생각하곤 했거든요. 그런데 그 꿈이 이렇게 이루어지다니 징그럽고 변태 같아요. 무섭기도 하고요. 제가 제대로 대처하지 못하고 있다는 건 알아요.

아이한테는 미안하지만, 아이가 나한테 얘기하러 오고 싶지 않았다는 게 화가 나요. 저는 항상 아이 곁에 있어 주었는데 말이에요. 늘 세심하게 신경을 쓰면서 살았어요. 아이한테 세심한 주의를 기울이려고 15년이라는 인생을 바쳤다고요.

처음부터 그 애를 여자로 키워야 했나 의문이 들기도 해요. 애초에 아이를 여자로 만드는 수술을 받아야 했을까요?

헤더

댓글

디디 : 여자가 되게 했으면 그 애는 남자가 되고 싶어 할 거예요. 십대잖아요. 십대라서 그러는 거예요.

셰릴 : 오, 헤더, 힘든 시간을 보내고 있네요. 우리가 당신을 위해 여기 있자나요.

빅 : 알렉스가 실제로 남자가 되고 싶지 않고, 남자인 걸 불안해하고 여자인 쪽을 편안해한다는 건 생각해 본 적이 있으세요? 주변 환경이 자신에게 위협적이라는 사실을 엄마한테 쉽게 말할 수는 있었을까요? 어쩌면 학교 폭력 문제가 있는 건 아닐까요? 아이 선생님들하고는 얘기해 보셨는지요? 아빠와의 관계는 어떤가요?

지구소년 : 아들에게 지구를 지키려는 신념이 있다는 걸 자랑스럽게 생

각하세요. 육식에 비해 채식의 탄소 발자국이 얼마나 적은지 아세요?

고저스 : 저도 오랫동안 그런 느낌을 갖고 살았는데, 그냥 제가 남성적인 여성이라고 생각했어요. 이름도 없는 변태라는 생각에 아주 우울했죠. 누군가가 저더러 '양성(바이젠더)'이라고 했는데, 정말 맞는 말 같았어요. 저는 차라리 남자 몸이었더라면 하고 생각했죠. 어느 날은 내가 남자여야 한다는 느낌이 드는데, 그 다음 날에는 여자가 틀림없다는 생각이 들어서 왔다 갔다 해요. 두 가지 인격이 있는 것 같다고 할까요. 내가 무엇인지 알아낼 때까지는 계속 양쪽 다라고 말할 거예요. 최근 저는 약간 의기소침해 있어요.

8

금속 공예 시간에 우리 집을 그리고 있다. 아미나는 목공 수업을 듣기 때문에 나 혼자 있다.

목공을 선택했어야 한다니까. 알렉스가 말한다.

망치로 금속 조각을 두드리기에는 신발이 적당하지 않아서 그 대신 그림을 그린다. 금속 조각과 망치가 날아다닐 경우에 대비해서 앞코에 단단한 캡이 달린 부츠를 준비해야 한다.

다른 학생들은 망치로 금속 조각을 두드리고 있다. 그중 몇몇은 때때로 나를 쳐다보지만 대부분은 나를 무시한다.

모두 이미 뭔가를 하기 시작했는데, 지시 사항도 듣지 못한 채 나만 뒤늦게 합류했을 때의 기분을 아는지? 다른 아이들은 서로 이름을 알고 있다. 이미 작은 그룹들도 만들어져 있고. 나는 언제나 그런 기분을 느꼈지만 이번에는 그럴 만한 이유가 있으니 괜찮다.

음악이 흐른다. 가끔 모두가 박자에 딱 맞춰 망치를 내리친다. 마치 탭댄스 팀의 공연을 보는 것만 같다.

선생님 이름은 수잔나다. 긴 금발 머리가 고불고불 흘러내리고, 코에는 링을 하고 있다. 홀치기 염색 옷을 입지는 않았지만 비즈 달린 옷들을 겹쳐 입었고, 백단향 같은 향기를 풍긴다. 아주 예술가답고 자유분방해 보인다. 손가락에는 반지를 끼고 발목에는 작은 종을 달고 있어서 교실을 돌아다닐 때 짤랑짤랑 소리가 난다. 학생들을 보살피는 커다란 선생님 요정처럼 격려를 뿌려 댄다.

나를 매우 지지해 주는 수잔나 선생님의 지도 아래에서 재능을 꽃피우는 내 모습을 상상해 본다. 나는 금속 새장을 만들면서 내면의 정신을 찾고, 새장 문을 열어 내 영혼을 자유로이 풀어 주리라. 나비와 하얀 비둘기, 그리고 비누 거품을 불며 미소 짓는 멋진 사람들이 있을 것이다. 비누 거품이 산들바람을 타고 유니콘이 풀을 뜯는 푸르른 언덕으로 날아간다.

우리가 선생님을 성이 아닌 이름으로 부르는 이유는, 동유럽계 성이어서 자음으로만 10음절쯤 되기 때문이다. 선생님은 음악을 크게 틀어서 우리가 이야기를 하지 못하도록, 작업에만 집중하도록 했다. 수잔나 선생님은 사실상 금속 공예의 독재자다.

수업을 시작하자마자 어떤 남자아이가 망치를 공중에 던졌다가 받았다. 수잔나 선생님은 그 애 귀를 잡고 내 옆자리로 끌고 왔다. 그렇게 귀를 잡아당기는 건 법에 저촉되는 일일 텐데. 선생님은 그 남자애도 그림을 그리게 했다.

성의 없이 우리 집을 그리고 있는데, 옆에 앉은 그 남자애가 내 다리를 찼다. 글자를 끼워 넣을 수 있는 필통에 '타이'라고 씌어 있다. 이름이 타이인 모양이다. 간단하게 두 글자뿐이었다. 그 애는 손으로 목을 자르는 시늉을 했다.

"뭐?"

내가 흉내를 냈다.

타이는 종이에 사각형을 그린 다음 엄지로 문지르더니 은밀하게 주위를 둘러봤다.

"이게 너희 집이니?"

그가 물었다.

"응."

내가 대답했다.

"다른 거 하면 안 돼? 간단한 걸로."

그가 말했다.

나는 노랫소리에 맞춰 요란하게 두드리고 있는 다른 아이들을 둘러보았다.

종이를 뒤집고 연필 끝을 잘근잘근 깨물었다.

수잔나 선생님이 짤랑거리며 다가와서 우리 책상 위로 몸을 숙였다. 타이의 그림을 들고는 헛기침을 했다. 그걸 내려놓고 내 그림을 들었다. 선생님이 빙그레 웃었다.

"왜요?"

"넌 이렇게 만들어."

선생님은 어떻게 정확한 집 모형을 만들지 간단히 설명한 다음, 우편함으로 쓸 수 있도록 지붕에 경첩을 달아 보라고 했다.

"이 부분이 까다로울 거야."

선생님이 그림에서 터렛을 가리켰다.

나는 주먹을 흔들었다.

"에잇, 빌어먹을 터렛!"

타이가 하하 웃는다. 나를 쳐다보는 그 애 얼굴에 진정으로 교감하는 표정이 떠올랐다. 내 생각에 우리는, 타이와 나는 친구가 될 수 있을 것 같다.

언젠가 시드니 놀란[7]의 전시회를 보러 갔다. 이렇게 말하면 내가 아주 지적인 예술가처럼 보이겠지만, 사실은 비를 피하려다 마침 거기에 있는 아트 갤러리에 들어갔던 것이다. 화장실 가는 길에 시드니 놀란의 그림들이 걸려 있었다. 대표작인 네드 켈리[8] 그림은 아니었다. 그냥 바위였다. 이 그림, 저 그림, 계속 붉은 바위뿐이었다. '피이, 이게 뭐야.' 하고 입을 삐죽거리다가 가까이 다가가서 아무 의미 없어 보이는 작고 조그만 붓질 자국들을 보고 뒤로 물러섰는데, 갑자기 그것이 바위들로 보였다. 얼마나 어려운 작업인지 그때서야 깨달았다. 그리고 '피이'는 '와우'로 바뀌었다.

타이가 나를 그렇게 보고 있다.

숨 막히게 기쁜 일이었다. 사람들은 언제나 자동차 사고 현장을 보듯이 나를 보았기 때문이다. 안 보는 척하지만 보지 않을 수 없고, 보고서는 '아이구 세상에!' 한다. 사람들은 그렇게 나를 쳐다본다.

"네 얼굴은 내가 본 가장 멋진 얼굴이야."

그가 말했다. 나에게 푹 빠진 것이다.

9

쉬는 시간에 아미나가 나를 데리고 교정을 통과해서 매점으로 갔다. 우리가 도착했을 때 두 남학생 사이에 말싸움이 벌어져 있었다.

"무슨 일이야?"

아미나가 물었다.

"데이먼이 새치기했어!"

얼굴이 시뻘게진 작은 남자아이가 소리쳤다.

"안 했어! 내가 화장실 갔다 오는 동안 모건이 자리 좀 맡아 준 거야."

데이먼이 대꾸했다.

"알았어, 데이먼. 뒤로 가."

아미나가 줄 맨 끝을 손으로 가리켰다.

"하지만 모건이……"

그가 불평하기 시작했다.

아미나가 말을 잘랐다.

"사소한 걸로 싸우기 없기!"

싸우기 없기! 그거 마음에 드는데.

"모건은 책갈피가 아니잖아. 화장실에 가면 자리는 없어지는 거야. 뒤로 가."

아미나가 말했다.

"우씨."

데이먼이 우는 소리를 하면서도 뒤로 갔다.

나는 아미나를 쳐다보았다.

"남동생이 셋이야."

아미나가 설명했다.

"너는?"

"나뿐이야."

"어머, 그거 참 안됐다!"

진정으로 가엾어하면서 아미나가 말했다.

"왜 그렇게 됐어? 어머니한테 무슨 문제라도?"

"말하자면 길어. 어디서 시작해야 할지 모르겠네."

아미나가 진지하게 고개를 끄덕였다. 아름답지만 유머 감각은 별로 없군.

과자 한 봉지와 주스를 사서 운동장 건너편으로 향했다.

아미나의 친구들은 커다란 무화과나무 아래 벤치에서 만난다. 한 명은 줄리아인데, 자기 이름을 '훌리아'라고 발음했다. 브라질에서 온 교환 학생이었다. 다른 한 명은 시에라였다. 산. 고양이처럼 눈이 초록색이었다. 이국적인 여자애들과 함께 있으니 나한테 맞는 자리를 찾은 느낌이다.

시에라가 팔꿈치로 날 살짝 치면서 말했다.

"엄마가 우리 친구로 지내랬어."

"아, 행정실 선생님."

내가 확인했더니 시에라가 고개를 끄덕였다.

아이들은 내가 어디에서 왔는지, 어느 학교에 다녔는지 물었다. 뭐라고 할지 미리 생각해 둘걸, 거짓말을 얼마나 해야 할지 몰라 후회가 밀려온다.

나는 오스트레일리아 남부에서 막 이사를 왔다고 말했다. 그래 놓고는 타이한테 우리 집이 유일하게 내가 살아 본 집이라고 한 게 생각나 얼굴이 달아올랐다.

얘들이 내가 살아 본 집에 대해 타이와 얘기할 확률이 얼마나 될까? 제로! 아니면 0.0001퍼센트일 것이다. 바라건대.

주제를 바꾸어서 내가 시에라에게 엄마가 같은 학교에 계시는 건 어떠냐고 물었다.

"뭐, 괜찮아."

시에라가 얼굴을 찌푸렸다.

"엄마는 나한테 일어나는 일을 빠짐없이 다 알고 계시지. 스토킹당하는 거랑 비슷하다고 할까."

나는 줄리아에게 브라질에 대해, 그리고 홈스테이로 함께 지내는 가족에 대해 물었다. 줄리아는 어깨를 으쓱하면서 대답하고는, 곧바로 다시 나에 대해 물었다. 나는 입술을 깨물고 발을 바닥에 비비며 웅얼거렸다. 남자아이들이 말하고 싶지 않을 때 하는 행동이다. 그런데 그런 행동이 여자아이들에게는 더 궁금증을 유발한 모양이다. 이거, 집에 가서 메모하고 머릿속에 정리해 둬야겠는데. 하지만 지금 당장은 아이들의 주의를 다른 데로 돌려야 해.

그래서 내가 뭘 했냐고? 엄청나게 빠른 클래핑 실력을 보여줬지. 처음에는 모두 어리둥절한 얼굴로 서로를 쳐다보았다. 얘들이 나를 왕따로 보겠구나 하는 생각이 스치는 순간, 심장이 멎는 것 같았다. 아, 망했다. 또 다른 학교로 전학해야겠군. 그때 아미나가 나를 따라 손뼉을 쳤다. 별로 잘하지는 못했지만.

시에라도 해보았다. 동작은 제대로 했지만 기술이 더 필요하겠어. 이건 손목이 아니라 팔꿈치를 써야 되거든. 이제 모두 다 손뼉치기를 한다. 그러고는 다 같이 깔깔 웃기 시작했다.

"리한나가 이렇게 하잖아."

줄리아가 말했다.

"그 뮤직비디오에서 말이야. 제목이 뭐더라?"

아미나가 너무 심하게 웃어 눈물까지 흘리면서 말했다.

"그만 좀 웃겨, 오줌 싸겠어!"

나는 신들린 듯이 손뼉치기를 하면서 웃는 동안에도 그 말을 잘 기억해 두었다. 남자아이들은 그런 말을 하지 않는다.

10

집으로 가는 전철에서 엄마한테 문자를 보낸다.

[내일 금속 공예 수업 때문에 단단한 캡이 붙은 부츠가 필요해.]

이 요청을 엄마가 어떻게 개인적인 공격으로 해석할지는 모르겠지만, 분명 그럴 것이다. 난 울고불고 때리고 하는 긴 드라마를 찍을 필요 없이 그저 내 할 일을 할 준비가 다 되어 있다. 그냥 새 신발만 좀 사 달라고요, 네?

[내가 데리러 갈게.]

조이 학교로 데리러 오겠다는 뜻이겠지. 이제 내가 다니지 않는 예전 학교 말이다. 엄마가 신경을 썼다면 오늘 아침 내가 다른 교복을 입고 나서는 걸 보고 알아차렸을 텐데.

[아니, 15분 후 버닝스에서 만나.]

엄마는 답이 없다. 전철에서 내려 버닝스 공구 백화점으로 걸어간다. 앞쪽, 잔디 깎기와 외발 수레 사이에 벤치가 하나 있다. 거기 앉아 다리를 뻗고 눈을 감은 채 오후 햇볕을 쬔다.

날씨가 좋다. 아니, 날씨가 끝내준다. 새 출발이다. 사람들이 나를 좋아한다. 오래전, 그러니까 두 살 때부터 이랬더라면 어땠을까 싶다. 행복해지기는 어렵더라도 이제 그 가까이 갈 수는 있겠어, 하고 생각한다. 거의 정상이 될지도 몰라. 친구를 사귈 수도 있고.

물론, 내가 얻은 것은 나 자신만이 아니라 내 환경 전체를 새로 만들어 낼 기회이다. 머릿속으로 연습해 본다.

오스트레일리아 남부에 목장이 있어. 우리 부모님은 고급 치즈를 만드셔. 우리가 여기로 이사온 건 부모님이 이 도시의 고급 레스토랑과 식료품점에 치즈를 공급하기 때문이야. 백화점 식품관에 우리 치즈 판매대가 생길 거야.

맞아, 암소들한테 이름을 붙여 줬지. 티파니, 비앙카, 시몬. 그치만 내가 소젖을 짜지는 않아. 젖 짜는 기계가 다 해. 아니, 진짜야. 우리는 고무장화를 신고 돌아다니는 그런 농부가 아니야. 그런 일을 하는 직원들을 두고 있거든. 우리는 보통 주택에 살아. 터렛이 있는 집이긴 하지만. 물론 진짜 탑이지! 뭐라고 생각한 거야, 굴뚝?

눈을 떠 보니 짧은 머리에 페인트 묻은 작업복을 입은 아저씨가 내 앞에 서 있다. 볼트니 리벳이니 하는 것들이 담긴 봉지들을 쳐다보다가 딱 한 줌을 능숙하게 꺼냈다. 버닝스는 나이든 사람들의 놀이터다.

잠시 후에야 그 아저씨를 알아보았다. 크로켓 씨다. 그는 나를 훑어보더니 이내 얼굴을 찡그린다. 얼굴은 본 적이 있는데 기억이 나지 않아서 내가 떠올려 주기를 기다리는 눈치다.

아저씨에게 뭐라고 말하려는 참에 엄마가 성큼성큼 걸어온다. 의연한 표정이다.

"오늘 조이 학교에 전화했다. 네가 결석했다더구나."

"나 이제 새 학교에 다녀, 엄마."

엄마가 아플 정도로 세게 내 가슴을 쿡 찔렀다.

"그런 걸 네가 결정하면 안 되지!"

쓰읍, 하며 엄마가 말했다.

"아들, 문제가 있으면 나한테 와서 같이 얘길 해야지. 우리 집에서 결정을 하는 사람은 나라구. 알아들어?"

나는 딴청을 피웠다. 난감하게도 내가 누구인지 크로켓 씨도 기억이 났나 보다.

"알아들어?"

엄마가 한 번 더 말했다.

"알았어."

내가 말했다. 안다. 그러나 동의한다는 뜻은 아니다. 아는 거랑 동의하는 건 완전히 다르다.

크로켓 씨가 앞으로 머뭇거리며 다가오다가 다시 물러섰다.

"무슨 일이세요?"

엄마가 비꼬듯이 묻는다.

그는 엄마를 무시하고 달그락거리는 조그만 금속 나사들을 만지작댄다.

"딸애 창에 블라인드가 고장 나서요. 그래서 이걸로 고쳐 볼까 해요."

그가 잠시 나를 쳐다보았다. 그리고 이렇게 말했다.

"그거 말이다. 내가 찾아봤는데, 그래도 되더구나."

크로켓 씨한테 딸이 있구나.

엄마가 양손을 옆구리에 얹었다.

"뭐라고 하셨어요?"

크로켓 씨가 엄마를 보고는 다시 나를 쳐다봤다.

"찾아봤다고요?"

내가 말한다.

그가 고개를 끄덕였다.

아저씨가 찾아보셨구나. 내 얼굴에 미소가 번진다. 손으로 웃음을 가린다. 그가 다시 고개를 끄덕였는데, 이번에는 살짝 인사하는 것처럼 보였다. 크로켓과 내가 잠시 통하는 순간이었다.

그가 멀어질 때까지 기다렸다가 엄마가 물었다.

"그래도 된다니?"

나는 그럴 듯한 이야기를 만들어 내려고 애썼다.

"뭘 그래도 된다는 거야? 대답해, 아들!"

엄마 목소리가 날카로워졌다.

뱃속에서 짜증이 부풀어 오른다.

"아들이라고 부르지 좀 마."

이를 악물고 중얼거렸다.

엄마가 얼굴을 붉히며 소리 내어 웃는다. 엄마는 나를 쥐고 흔들려 하지만, 나약한데다 어찌 할 바를 몰라 허둥대기만 한다. 심지어 무서워하기까지 한다.

"그냥 신발만 사면 안 될까, 좀?"

엄마가 그렇게 약해지고 허둥대는 건 나도 원치 않는다. 그러나 이런 건 내게 전혀 통하지 않는 짓이다. 엄마는 화를 낼 수도 있지만, 나랑 싸우겠다면 자기가 무엇에 화가 났는지 스스로 알아야 한다. 시트콤 「말콤 인 더 미들」에 나오는 로이스는 하루 종일 아이들을 야단치지만, 로이스 같은 엄마면 언제든 환영이다. 로이스가 자식들에게 소리를 질러 대는 것은 자식들이 잘못된 짓을 하고 있다고 백 퍼센트 확신하기 때문이다. 우리 엄마는 아무 일에나 소리를 질러 댄다. 그중 절반은 나와 관계없는 일들이라고 확신한다.

11

www.motherhoodshared.com

빅 님이 이야기한 것이 생각나서 알렉스네 학교에 전화해, 혹시 애가 괴롭힘을 당하는지 물어봤어요. 전화를 받은 여직원이 그 학년 담당 선생님한테 전화 드리라고 전하겠다더군요. 그러고는 이번 주에 알렉스가 결석한 게 그 때문이냐고 묻지 뭐예요.

오늘 아침에 아이가 여학생 교복을 입고 아래층으로 내려왔어요. 도전하듯이 저를 똑바로 쳐다보더군요. 다른 엄마가 전에 이런 얘기를 했죠. '이길 수 있는 싸움만 하라'고요. 아이가 어릴 때 제가 들은 최고의 조언이었어요. 저랑 싸우려고 할 때 그걸 막으면 많은 문제가 저절로 해결되곤 했죠. 음, 사실 그 애는 여전히 저한테 도전하지만, 제가 더는 미끼를 물지 않는 거예요.

그건 애가 많이 이겼다는 의미이기도 해요. 그래서 싸움에서 이기고 지고가 아니라 제가 참을 수 있고 없고의 문제가 됐어요.

아이가 세 살쯤 됐을 때 높은 어린이용 의자를 밀고 다녔는데, 그러다가 위자 위로 기어 올라가게 됐고 그 다음엔 무엇에든 손을 뻗게 되었어요. 제가 잠시 스크랩북 만들기에 빠져서 스탬프를 좀 가지고 있었거든요. 애가 스탬프들을 끌어내려서는 잉크를 묻혀서 가구 여기저기에다 마구 찍어 놓았어요. 두 번이나 그랬다고요. 저는 화가 나서 스탬프들과 잉크를 다 내버렸어요. 그러고는 엉엉 울었죠. 스크랩북 만들기를 정말로 좋아했거든요. 자주 하지는 못했지만요. 알렉스가 잘 때, 집이 깨끗할 때, 그리고 청구서를 다 지불했을 때, 빨래가 다 끝났을 때 —그런 일은 거의 없었지만— 그럴 때만 했어요. 알렉스는 늘 뭔가 요구하기만 해서 울고 싶었어요. 저는 취미 하나 가질 여력이 없는데 아이는 끝없이 요구해요. 나만을 위한 것은 가질 수도 없어요.

시시한 스탬프 얘기가 아니라, '알렉스 돌보기'와 분리해서 제 자신을 정의하는 게 용납되지 않는다는 말이에요. 스크랩북 같이 아무 해가 없는 것조차 말이에요. 이해가 되시나요?

한번은 애가 기침 감기 시럽 병을 열어 놓은 걸 보고 얼마나 놀랐는지 몰라요! 그 애에게서 안전한 것은 아무것도 없었어요. 그래서 제가 말했죠. "좋아, 아들! 앞으로 계속 이럴 거란 말이지." 그리고 애가 유아용 의자를 타고 돌아다니는 것에 정말로 세게 대응했는데, 그게 효과가 있었어요. 아이가 의자에 앉아 있지 않을 때에는 유아용 의자를 벽장 안에 넣어 잠가 두었죠. 아이는 안전해졌고 우리는 그걸로 더는 싸우지 않았어요.

오늘 그렇게 다시 해봤어요. 아들이 그 학교엔 가고 싶지 않다고, 다른 학교에 가고 싶다 하더군요. 세게 나가기로 했죠. 세지만 공정하게, 이렇게 말하는 거예요. "규칙이란 게 본래 이래."

제가 그 애를 '아들'이라고 불렀어요. 두 번이요. 그럴 생각은 아니었는데, 그냥 나와 버렸어요. 그게 상처가 되었나 봐요. 그런데 그 애가 상처를 받았다는 것이 어떤 면에선 기뻤어요. 제가 상처를 준 것이니까요. 저는 매일 상처를 주는데, 이제 그 아이는 전혀 개의치 않아요. 제가 취미 하나 갖지 못하는 것에 개의치 않았던 것처럼 말이죠. 그게 어떤 기분인지 그 애가 알았으면 좋겠어요. 그러면 제 행동이 엄마한테 어떤 상처를 주는지도 알게 될 테고, 그런 행동을 멈출지도 모르니까요.

아이에게 상처를 주고 싶지는 않아요. 하지만 어떻게 이해시켜야 할지 모르겠어요. 저는 그 아이가 타인에게 신경 쓰는 사람이 되기를 바라요. 성별 문제 때문에 지금은 정신이 없지만, 어쨌거나 아이가 제 행동에 대해 돌아보는 사람으로 자랐으면 해요. 그리고 다른 사람의 마음을 아프게 하지 않는 사람이 되면 좋겠어요. 저는 아이가 행복하기를 바라요. 그러나 다른 사람 마음을 아프게 해 가면서까지 행복해지라는 건 아니에요. 어떻게 해야 타인을 배려하는 사람이 될지 모르겠어요. 님들은 어떻게 하세요?

헤더

댓글

디디 : 오늘 헤더 님은 다 잘 하셨어요. 아들이라고 부른 것만 빼면요. 자신을 너무 닦달하지 마세요. 접근법은 정말 좋았어요. 계속 그렇게 하세요! 알렉스가 당신이 결정권자라는 것을 알게 해야 해요. 아이들한테는 모두 한계선을 정해 줄 필요가 있어요. 마음대로 쿵쾅거릴 수는 있지만 한계선이 있어서 꼼짝 못하는 곳도 있다는 걸 알게 해야죠. 앞으로도 자꾸 '아들'이라고 부르실 것 같으면, 당장은 그 대신 '선샤인'이라고 불러 보시는 건 어떨까요?

셰릴 : 우리가 늘 헤더 님과 함께할 거예요. 혼자 이 일을 겪고 있는 거 아니에요. 여기는 사람들이 배려해 주는 안전한 공간이에요.

고저스 : 학년 담당 교사는 뭐라 하던가요?

빅 : 잠시 뒤로 물러서서 바라봅시다. 알렉스가 남들을 배려하지 않는다고 당신이 생각했을 때, 그 애가 한 행동이 뭐였죠? 여학생 교복을 입고 나선 것을 말씀하시나요? 아니면 예전 학교에서 겪은 괴로움에 대해 이야기한 것을 말씀하시나요? 그게 왜 당신의 맘을 상하게 했는지 잘 모르겠네요. 오히려 알렉스가 정체성을 구축해 가는 중인 것 같군요. 제 생각엔 상당한 용기가 필요했을 텐데요. 제가 뭘 모르고 하는 소리인가요?

디디 : 알렉스는 학교가 마음에 들지 않는다고 판단할 수 있지만, 그래

도 학교는 가야죠. 부모들이 '학교가 마음에 안 든다'는 아이들을 모두 집에 있게 한다면 어떻게 될지 상상해 보세요. 학교가 텅텅 빌 거예요. 가정은 민주주의가 적용되는 공간이 아니에요. 어른이 결정을 내려야 해요.

고저스 : 저는 동의하지 않아요. 아이가 행복하지 않고 안전하지 않다고 느끼는데 억지로 학교에 가라고 하면 안 되죠. 건강하지 않은 환경에서는 배움과 성장을 할 수 없으니까요.

디디 : 아니라고 봐요. 학교에 가야 해요. 그게 법이에요.

빅 : 등교 거부에 대해 찬반 의견을 내자는 것이 아니에요. 알렉스에 관한 얘기예요.

셰릴 : 아니에요, 빅. 이건 헤더 이야기예요. 헤더는 아들을 잃을지도 모른다는 생각에 슬퍼하는 거예요. 그러니 말투에 주의해 주세요.

빅 : 예, 알겠습니다. 그런데 헤더 님은 알렉스가 세 살 때 한 일로 여전히 혼내시는 듯해요. 알렉스가 자기는 사실 여자인데 세 살 때 남자로 정해진 걸 알게 되면, 당연히 특이한 행동으로 기분을 표출하겠죠. 알렉스에게 자기가 진정 누구인지를 깨닫는 자아 인식이 충분하다는 것, 그리고 그 어린 나이에 제 자신을 찾으려는 과감함이 있다는 것은 한탄할 일이 아니라 축하할 일이라고 생각해요. 저만 그렇게 느끼는 것 같지만요.

12

공구 백화점에서 집으로 돌아오니 아빠가 계셨다. 나는 아무 말도 하지 않았다. 아빠는 두 팔로 나를 안고 이렇게 말했다.

"쭉 생각해 봤는데, 엄마와 내가 이 문제에 대해 완전히 잘못했던 것 같구나. 네 몸이고 네 느낌인데 말이다. 여기서 우리가 해야 할 일은 가능한 모든 방법으로 너를 지지하는 거야. 너에게도 이건 정말 힘든 일일 테니까. 청소년기는 힘든 시기지. 엄마, 아빠 용서해 줄래?"

나는 눈물을 흘리며 고개를 끄덕였다.

아빠가 양손으로 내 얼굴을 감쌌다.

"넌 정말 예쁜 여자아이야. 그거 알아? 하지만 그건 중요치 않아. 너는 정말 중요한 일을 하고 있는 거야. 네 마음에 진실한 거지. 아빠는 네가 자랑스럽다."

"고마워요, 아빠."

목에 걸린 덩어리 때문에 소리를 내기가 힘들어서 속삭이듯이 말했다.

우리는 집으로 들어갔다. 엄마가 야채 라자냐를 만들어 놓고 기다리고 있었다. 맛은 그다지 훌륭하지 않았다. 그래도 나는 기뻤다. 라자냐 맛이 문제가 아니다. 엄마가 노력하고 있다는 사실이 대단한 것이다. 엄청난 일이다.

"오늘 채식 요리책 샀어."

엄마가 말했다.

"요리법에 익숙해지려면 시간이 좀 걸릴 거야. 저녁 먹고 나서 같이 볼까? 내일 저녁에는 네가 요리를 좀 도울 수 있게."

"좋아."

내가 말했다.

"네가 가려는 새 학교 얘기 좀 해봐."

아빠가 마늘빵을 찢으며 물었다.

아미나와 그 친구들 얘기를 하고, 금속 공예 수업 얘기도 하고, 우리 집 우편함을 만들 거라는 얘기도 했다.

엄마, 아빠는 내가 하는 이야기에 귀를 기울였다. 내가 말을 마친 뒤에도 화제를 바꾸지 않고 듣다가 생각난 것을 이야기하는 걸로 보아, 부모님이 내 이야기에 귀 기울인다는 것을 알 수 있었다.

저녁 식사 후, 모두 거실에 앉았다. 아빠는 테이블에 발을 올리고 엄마는 아빠 무릎에 다리를 얹었다. 나는 다리를 꼬고 암체어에 앉아 요리책을 휙휙 넘겨 보았다. 티브이에서는 「데일리 쇼」를 하고 있었다. 엄마, 아빠는 비속어가 나와도 발끈하지 않았다.

"숙제 할 거 있니?"

엄마가 물었다.

"전철에서 다 했어."

"잘 생각했네."

아빠가 말했다.

"우리 왕자님이 정말 다 컸어."

그 순간 모두 얼어붙었지만, 내가 말했다.

"괜찮아. 익숙해지려면 시간이 좀 걸릴 거야. 이해해."

모두가 안도했다.

"자, 내가 얼른 가서 아이스크림 좀 사 올까?"

아빠가 말했다.

다함께 아이스크림을 먹었고, 나는 침대로 갔다. 모든 게 잘 되리라고 확신하는 행복한 소녀로. 끝.

사실 일이 그렇게 굴러가진 않았다. 짐작하셨으려나? 그런 저녁 시간을 보내는 가족들도 분명 있을 것이다. 그런 집도 있겠지만, 우리 집은 아니다. 우리 집은 그런 적이 한 번도 없다. 엄마가 나한테 요리를 도와달라고 한 적이 없다. 방해만 된다면서 항상 나더러 저리 가라고 한다. 아빠는 아이스크림을 사다 주러 나간 적이 없지만, 단것은 좋아한다. 자동차 바닥에 늘 사탕 포장지가 굴러다니기 때문이다.

나는 아미나의 가족을 상상해 보았다. 아이들이 전부 둘러앉아 입씨름을 하면서 깔깔 웃고, 아빠는 "살살 좀 떠들어라."고 한다. 우아한 엄마는 키가 크고 피부색이 검다. 아프리카 스타일의 밝은 색 드레스를 입고 있다. 커민9과 파프리카 향이 나는 쿠스쿠스10와 가지 요리를 건넨다.

시에라네 가족은 좀 더 차분하겠지. 신앙심이 깊어서 식사 전에는 손에 손을 잡고 고개 숙여 기도하지 않을까.

줄리아는 점심 때 우리가 해본 클래핑에 대해 벌써 홈스테이 가족들에게 이야기하고 있을지도 모른다. 그랬으면 좋겠다. 그 집 아저씨가 한번 해볼 테고, 그러면 줄리아는 클래핑 기술에 대해 설명하겠지.

타이도 오늘 만난 소녀에 대해 가족에게 얘기하고 있을지도 모른다.

그중 한 명이라도 학교에서 만난 전학생 소녀에 대해 이야기하고 있으면 좋으련만.

실제로 일어난 일은 이렇다.

공구 백화점에서 집으로 돌아오자마자 이층으로 올라가서 내 기분에 꼭 맞는 음악을 틀었다. 옷장에 있는 옷을 모두 꺼내 정리할 생각이었다.

운동복 같은 옷들, 남자아이 같은 물건들은 모두 버려야지. 아직 입을 만한 것들은 모두 옆으로 제쳐 두었다. 남은 것이 많지 않다. 엄마는 뭐든 파란색이나 카키색으로 샀다. 겉옷 상의 하나를 들어올렸다. 밝은 회색 린넨이다. 원단은 마음에 들지만 한 번도 입지 않았다. 입을 일이 없었다.

그 옷에 넓은 벨트를 하고 큰 단추나 꽃, 아니면 주머니를 달아 포인트를 주면 어떨까. 아이디어가 샘솟았다. 남은 것도 모두 포인트를 주어서 변신시킬 수 있겠는걸. 밝은 색 단추, 블랭킷 스티치, 스카프와 함께라면 다시 입을 수 있다. 손으로 만드는 것은 엄마 특기니까 물어보고 싶은데. 엄마는 이런 데 재주가 있다. 우리가 함께 이 옷들을 소녀스럽게 만들 수 있다. 함께할 수도 있지만, 엄마는 하지 않을 것이다. 엄마는 그걸 핑계로 또 드라마를 찍으려고 하겠지. 항상 엄마와 함께 뭔가를 만들고 싶었지만, 엄마는 실성한 여자처럼 폭발할 게 뻔했다.

어떤 옷이 남았나? 얼마 전에 산 옷들이 좀 있다. 티셔츠 몇 장, 청바지 몇 벌, 카고 팬츠 조금. 반면 못 입는 옷 더미는 거의 내 키만큼이나 높이 쌓였다. 못 입는 옷들을 쓰레기봉투에 쑤셔 넣는다. 이건 일단 수납장 뒤에 두어야겠다. 내버리면 엄마가 펄펄 뛸 테니까.

돈이 필요하다. 내면의 느낌에 맞게 입을 옷이 필요하다. 그게 그리 어려워서는 안 된다.

아빠가 문간에 서 있다. 나를 바라보면서 늙은 개처럼 머리를 떨어뜨리고 있다.

"잠깐…… 들어가도 될까?"

그 뒤에 '아들'이라고 덧붙이려다 마는 것 같았다. 아빠는 늘 나를 그렇게 부르니까. 그런데 나는 치마를 입고 있다. 리본이 달린 긴 양말에다 금속 캡이 달린 부츠를 신고. 이 부츠 맘에 든다. 두 알렉스를 하나로 만들어 준다. 그러나 아빠가 말을 멈추게 만들기도 했다.

나는 고개를 끄덕였다.

아빠가 내 침대에 걸터앉았다. 옷을 쌓아 놓아서 침대에 빈자리가 별로 없다.

아빠가 뭔가 이야기하기를 기다리면서 땋은 머리를 풀었다. 거울 속에 아빠가 보인다. 아빠는 울고 있다.

"내가 아주 솔직하게 이야기해도 될까?"

나는 대답하지 않았다. 그런 질문에 뭐라고 답한단 말인가. 안 돼요? 계속 거짓말해 주세요?

아빠는 정말 빨리, 스타카토로 이야기했다. 미리 연습한 모양이다. 적어도 이런 대화 상황을 떠올려 보았겠지. 아니면 머리에서 떨쳐 내지 못해서일지도.

"그동안 이 문제에 우리가 잘못 대처한 것 같아. 그렇지만 집에 있는 사람은 네 엄마야."

시작은 좋다.

“그러니 네가 엄마한테 휴식을 드릴 필요가 있어. 엄마가 애를 많이 썼는데, 너는 최선을 다해서 엄마를 힘들게 만들고 있구나. 그러면 상처가 돼, 알렉스. 엄마는 이해하려 애쓰는 것뿐이야. 우리 둘 다 말이다.”

아빠는 손으로 얼굴을 감싸고 어깨를 아래위로 들썩였다.

나는 서랍장 앞으로 돌아가서 티셔츠를 더 꺼내 두 무더기로 분류했다.

미안하지 않아. 내가 도망치고서 어디 있는지 알려 주지 않았지만. 미안하지 않아. 너는 날 걱정했겠지만. 아니, 미안하지 않아. 네 문자에 답을 하지 않았지만. 그렇지 않다. 아빠도 엄마만큼 나쁘다.

어린이 채널에 ‘다시 농장 마당으로’든가 ‘농장 마당에서’든가 하는 프로가 있는데, 주인공이 암소 오티스다. 커다란 분홍빛 젖통을 가진 것만 빼면 오티스는 황소다. 왜 오티스가 커다란 젖통을 다리 사이에 늘어뜨리고 있는지 아무도 설명하지 않는다. 다른 동물들도 그의 젖통에 전혀 신경 쓰지 않는다. 중요한 문제가 아닌 것이다. 오티스는 멋지다. 늘 유쾌한 소동을 일으키며 신나게 산다. 어떤 암소한테 반해서 작업을 거는데, 암소는 오티스에게 젖통이 있어도 멋있다고 생각한다. 나는 그 프로를 아주 좋아한다.

엄마가 계단 위를 쳐다보며 소리친다.

“저녁 먹어!”

나는 튀어 나가듯이 아빠를 지나쳐서 두 계단씩 뛰어 내려갔다. 배가 고파서가 아니라 그 어색한 상황을 모면하고 싶어서였다. 식탁에 차려진 진수성찬을 보고 계단 앞에 멈춰 섰다. 엄마는 로스트 비프를 차려 놓았다. 익힌 채소는 육수에 푹 잠겨 있었다. 로스트 비프를 요리하는 데 얼마나 오래 걸리는지 잘 모르겠지만, 아마 여러 시간 걸릴 것이다. 그렇게 긴 시간 동안 엄마 머리에는 내가 채식을 한다는 생각이 떠오르지 않았던 것이다.

"왜?"

엄마가 말한다.

돌아서서 계단을 달려 올라가 아빠 옆을 다시 지나친다.

"뭐야?"

엄마가 몹시 날카로운 목소리로 외친다.

"왜, 또?"

13

앞서 말했다시피 다락방은 구두 상자로 가득하다. 전에도 종종 여기에 올라오곤 했다. 어릴 때는 숨어 있거나 아지트로 삼기 좋아 보였지만, 여름에는 덥고 답답하고, 겨울엔 먼지가 풀풀 날리고, 봄가을에는 지루하고 재미없어서 굳이 올라가지는 않았다. 그런데 부모님이 신세 한탄을 하며 아래층에서 서성이다 보니 그 모습을 보는 게 지긋지긋해서 다락방으로 올라갔다.

알렉스가 다리를 꼬고 앉는다.

엄마, 아빠한테 실망하는 거 지겨워. 그에게 말한다. 내가 대단한 걸 기대하는 것도 아닌 것 같은데. 엄마, 아빠가 상처를 입은 건 알겠어. 그게 그렇게 충격인가 봐. 하지만 겨우 치마 좀 입은 것 가지고! 너무 심한 반응 아니야? 뭐가 문제야?

음, 그게, 그냥 치마 좀 입은 게 아니지. 알렉스가 말한다. 별일 아니면 내가 그걸 입으려고 그 야단을 피웠을 리가 없잖아. 별 거 아니면 우리한테도 문제가 되지 않을 테고.

핵심은 내가 부모님한테 뭔가 다른 것을 요구하는 게 아니라는 거야.

상자 하나를 집었다. 먼지가 조금 쌓여 있고 모서리가 닳아 있었다. 안에는 어린이 모형 만들기 세트가 차곡차곡 들어 있었다. 베개에 부엉이 꿰매 붙이기, 종이로 경주용 자동차 접기, 동물 인형 색칠하기 등이 포장도 뜯지 않은 채 들어 있었다. 어느 크리스마스에 받은 기억이 어렴풋이 난다. 여덟 살 무렵이었다.

늘 이상한 선물만 주셨어. 알렉스가 말한다.

『소년을 위한 재미있는 과학 실험』이라는 책 기억나? 고추가 달린 게 과학에서 왜 중요한지 나는 아직도 모르겠어.

알렉스가 어깨를 으쓱한다. 글쎄, 우리가 보기에 별로 재미있지 않았으니, 제대로 된 고추가 있어야 과학이 재미있다고 느끼는 건지도 모르지.

엄마의 손글씨로 '어린이집'라고 표시된 상자가 있어서 열어 보았다. 안에는 서류가 있었다.

알렉스는 다리를 끌어안고 무릎 위에 턱을 얹었다. 엄마가 다른 요리를 하긴 어려웠을까? 콩 같은 걸 다른 그릇에 담아 둘 수도 있잖아. 돼지고기를 꼬치에 꽂아서 따로 구워 낼 수도 있을 테고.

이건 음식 문제가 아니야. 존중에 관한 문제라고.

타이니 토츠 조기 발달 센터

사건 보고서

스트링펠로 씨에게

이 서신은 3월 14일 (날짜) 대화 이후의 상황 보고입니다.

알렉스 의 행동에는 진전이 없었습니다.

유감스럽게도 오늘 알렉스 는 주먹질/발길질 을 했습니다. 우리는 알렉스 에게 행동에 대한 책임을 물어야 합니다.

이후로도 알렉스 가 제 의사를 표현할 때 부정적인 방법을 계속 사용한다면 알림장을 보내 드릴 것입니다.

구두 경고 는 긍정적인 결과를 보여 주지 않고 있습니다. 아이의 행동을 바로잡을 때 집에서 사용하시는 방법이 있으면 알려 주십시오.

어린이집에 있는 모든 아이들에게 이로운 방식으로 알렉스 와 함께 해결해 나가도록 피드백을 보내 주시기 바랍니다.

이런 행동이 계속되면 퇴원 조치 를 할 수밖에 없습니다.

어린이집 원장

로스 플레밍

돌리스텝스 어린이집

사고 보고서

날짜: 4월 20일 시간: 11:43

부모님께,

오늘 알렉스 가 다쳤다는 것을 알려드립니다.

부상 내용: 욕실에서 싸움.

치료: 살짝 까진 무릎에 반창고를 붙임.

이 알림장에 서명하여 제출해 주시기 바랍니다. 고맙습니다.

부모님 서명: 헤더 스트링펠로

보육교사 서명: 사만다

헬핑 핸즈 조기 교육 센터

부모님께

귀하의 아이가

☑ 심하게 웁니다.

☐ 다른 아이들을 깨뭅니다.

☑ 다른 아이들과 사이좋게 지내지 못합니다.

☐ 몸이 자주 아픕니다.

☐ 설사를 자주 합니다.

☑ 공격적인 행동을 합니다.

☑ 활동을 즐기지 않습니다.

알렉스 스트링펠로 는 저희 헬핑 핸드가 제공하는 보육에 감정적인 준비가 되어 있지 않은 것으로 보입니다. 원비를 계속 지불하시면 6개월 간 원생 자격을 유지시켜 드립니다. 그 후에 환불받으실 수 있습니다. 그동안 보모를 고용하거나 가족 중 누군가에게 맡기는 쪽으로 시도해 보시기 바랍니다.

센터 매니저 프랜시스 화이트 드림.

그게 정말 모든 것의 바탕이라고 봐. 내 말이 틀렸어? 나 때문이야?

다 나 때문이냐고?

알렉스와 나는 서로 쳐다보았다. 알렉스가 눈을 문질렀는지 마스카라가 번져 있다. 내가 땋은 머리카락은 아주 꼬불꼬불해져 버렸다.

우리가 달리 뭘 할 수 있었을까?

다락방에 올라가는 건 제 머릿속으로 들어가는 것과도 비슷하다. 다락방은 꼭대기에 있는데다가 추억으로 가득한 이런 작은 상자들이 많이 있으니까. 추억이 칸칸이 분류되어 있다.

너는 정말 골칫덩어리 꼬마였구나. 알렉스가 코웃음을 친다.

나? 엄청 우는 아기였지. 너는 아무한테나 주먹질을 하는 아기였고.

알렉스가 생각에 잠겼다. 머리를 긁적이며 말한다. 그래, 기억나. 나중에 문제가 될 걸 알았지만, 누군가를 밀어 넘어뜨리면 마음이 아주 편해졌어.

고개를 끄덕였다. 나도 그 느낌이 기억난다. 내가 어찌 하기 어려운 일이었다. 재채기 같은 것. 알렉스 말이 맞다. 문제에 휘말리는 것에는 신경 쓰지 않았다. 내가 받은 유일한 칭찬 '착한 소년이구나.' 하는 말도 내게 맞지 않다고 느꼈고.

아이들이 우릴 놀렸어. 내가 말을 보탰다.

누군가 복도를 따라 걸어오는 소리가 바닥에서 들린다. 내 방 문을 똑똑 두드린다. 기다리다 잠시 후에 아래층으로 돌아갔다.

나는 양팔로 몸을 감쌌다. 젖꼭지가 쓰라렸다. 손을 셔츠 안으로 살짝 넣어 보았다. 작은 원뿔형 천막처럼 위로 솟아 있다. 욱신거린다.

진짜로 젖가슴이 자랄 건가 봐. 알렉스가 웃는다. 간절히 원하면 그렇게 되겠지. 나는 그렇게 생각한다.

이 조그만 젖가슴 몽우리와 내가 먹는 약 사이에 연관성이 있다는 생각은 전혀 떠오르지 않았다.

그 약이 사람들을 때리고 싶어지게 만들었다는 것도.

부모님이 나를 남자로 만들기 위해 그 약을 먹인다는 것도.

그 후로도 한참이 지나도록 그 생각은 머릿속에 떠오르지 않았다.

14

www.motherhoodshared.com

남편 데이비드가 오늘 돌아왔어요. 알렉스와 허심탄회하게 이야기를 하더군요. 남편이 아래층으로 돌아와서는 아이에게 생각할 거리를 주고 왔다고 말했어요.

알렉스는 그때부터 문을 잠그고 나오질 않았어요. 우리는 그걸 좋은 징조로 받아들였죠. 아빠가 이야기한 것을 생각해 보는 시간을 가졌다고 생각해요. 그런데 아들이 먹지를 않아서 걱정이에요. 애가 너무 말랐거든요.

남편과 저도 오래 이야기를 했어요. 남편은 참 훌륭해요. 그는 알렉스가 본래 힘든 아이라는 것을 상기시켜 주었어요. 그 아이는 영리하고 늘 한계를 뛰어넘어 버려요. 디디가 말한 것과 꼭 같지요.

매일 그 한계를 부수는 아이예요. 저는 일관성과 공정성을 유지해야 하고요.

저는 대체로 일관성이 있고, 늘 공정하다고 생각해요. 아이가 한계선을 부수는 바로 그 순간에는 그걸 유지하는 데 어려움을 겪기는 해요. 열을 확 받으면 "이건 또 뭐야?" 하는 경향이 있어요. 무슨 일이 벌어졌는지 생각해 보는 시간을 한동안 가진 뒤에는 괜찮아지지만, 그 순간에는 잘못된 반응을 해 버려요. 아는데도 그래요. 좀 더 아이의 행동을 잘 파악하고 평정심도 유지하고 벽처럼 단단하게 버텨야 해요.

용서하고 사랑하는 벽 말이에요.

남편은 알렉스가 세상을 탐험하는 중이래요. 자신의 성별을 탐색하고 있다고요. 그 나이에는 지극히 정상적인 일이라나요. 걔는 단지 예기치 못한 방식으로 하고 있을 뿐이라고요.

우리가 앞으로 어떻게 할 것인지 아직 확실히 결정하지는 않았어요. 우리 둘이 합의한 것 하나는, 알렉스가 우리에게 상처를 줄 때 그걸 알게 하자는 거예요. 상황에 끌려가지 말고, 그냥 차분하게 그런 행동 때문에 우리가 속상하다고 말하는 거죠. 우리가 열린 마음으로 아들을 대하면, 아이도 우리에게 열린 마음을 갖기 시작하겠죠.

남편은 우리가 알렉스를 사랑한다는 사실을 환기시켜 줬어요. 우리는 아들을 사랑해요. 단지 현재 어떤 일을 겪는 중인 거죠.

십대 자녀와 비슷한 일을 겪은 분이 계시다면 어떤 방법이 효과가 있었는지 좀 알려 주세요.

헤더

댓글

셰릴 : 아주 훌륭한 글이에요, 헤더. 당신은 아주 옳은 방식으로 이 일을 헤쳐 나가고 있는 것 같아요. 터널 끝에서 곧 빛을 보게 되겠네요. 하느님의 은총이 함께하기를!

디디 : 제가 얘기할 수 있는 건, 당신과 남편은 완전히 같은 편이 되어야 한다는 것이에요. 알렉스를 어떻게 대할지 계획을 세우고 함께 실행할 필요가 있어요. 규칙은 언제나 변함없다는 것을 아이들이 알게 해야죠. 엄마한테 물으나 아빠한테 물으나 대답이 같아야 해요. 셰릴이 말했듯이, 당신이 이 문제를 명확히 이해하고 있는 것 같아요. 제 경험으로 집에서 대장 노릇을 하는 아이들은 엄마가 옳은 방향으로 갈 때 더 심하게 반항하더라고요. 그래도 그 방향으로 밀고 나가면 결국 아이도 따라와요.

고저스 : 저는 가족들과 서먹했어요. 가족들은 나더러 심리 상담을 받으러 가라고 계속 얘기했어요. 다 호르몬 때문이니까 결국 극복할 거라고 믿는다면서요. 오히려 그렇게 말해 주는 게 나아요. 가족들은 최선을 다해서 내게 상처를 줬고, 덕분에 이제는 나를 사랑해 주려고 애쓰는 사람들과 함께 있으니까요.

빅 : '용서하고 사랑하는 벽' 작전이라니 조금 걱정되네요. 알렉스는 자

신을 명확히 '여성'이라고 생각한다면서요. 근데 당신과 남편은 일관되게 그녀를 아들이라고 부르시네요. 그걸 무시하는 게 당신이 계획한 열린 마음의 첫출발인가요?

헤더 : 빅, 관심 보여 줘서 고마워요. 당신은 십대 자녀가 있나요?

15

며칠이 지나자, 주변이 어떻게 돌아가는지 파악이 되었다. 선생님들의 이름도 익혔다. 지금까지 힘든 일은 없었고, 숙제를 전철에서 할 수 있다는 게 특히 좋다. 우열반 중에서 중간 수준의 반에 들어갔다.

대부분의 수업에서 아미나 옆자리에 앉는다. 아미나의 다른 쪽 옆자리에는 늘 시에라가 앉는다. 마치 규칙인 것처럼.

아미나는 말이 많지 않다. 수업을 열심히 듣는 편이어서 손을 들어 대답도 종종 하는데, 꼴 보기 싫게 하지는 않는다. 배우는 것을 좋아하는 거니까. 그 애는 날 보지 않지만, 나는 그 애한테서 눈을 뗄 수가 없다. 걔 얼굴을 머릿속에 새겨 넣었다. 눈을 감으면 떠올릴 수 있다. 밤이면 침대에 누워서 머릿속에 아미나가 나오는 짧은 무성 영화를 돌린다. 찡그리는 아미나. 살짝 웃는 아미나. 깔깔 웃는 아미나. 진지한 아미나. 빨대로 주스를 먹는 아미나.

아미나를 펜으로 콕 찌르고 싶은 충동을 참느라 애쓴다. 그 애를 건드리지 못하도록, 말 그대로 한 손을 다른 손으로 꼭 쥐고 있어야 한다. 한번은 팔을 꼬집었는데, 그때도 그 애는 정말 멋진 표정을 보였다. 당혹스러워 하는 표정이었지만.

미안, 내가 그랬어. 알렉스가 수줍게 말한다.

어느 날, 가만히 앉아 있던 수학 시간이었다. 모두 조용히 문제를 푸는데, 내가 이렇게 소리쳤다.

"로오오오옥사아아안!"

아침에 전철에서 들은 노래가 머리에서 떠나지 않은 것이다.

또 나야. 알렉스가 고백했다.

여자아이들은 그런 짓을 하지 않는다는 것을 알게 되었다. 선생님은 나중에 나를 붙잡고 적절한 행동거지에 대해 이야기를 했다. 나는 발만 쳐다보다가 적당한 곳에 나와서야 중얼거렸다. 실은 그냥 행복해서 노래가 저절로 나온 건데.

상상이 되시나?

아미나가 밖에서 날 기다리고 있다가 함께 점심을 먹으러 걸어가면서 이렇게 물었다.

"달리기 잘하니?"

가끔 아미나는 점심시간에 사라진다. 달리기를 하러 갔다고 다른 아이들이 말해 주었다. 운동장 트랙을 도나 보네. 추측은 했지만, 여전히 궁금하다.

달리기 잘해? 알렉스가 묻는다.

아미나가 원한다면 물론 잘 할 수 있지.

"아마도."

"우리 팀에 들어올래?"

그 애가 물었다.

너랑 같은 팀이라면 당연히 들어가야지!

"그래!"

"좋아."

아미나가 웃으며 말했다.

독자 여러분은 아미나에 대해 더 많이 알고 싶을 것이다. 뭘 좋아하는지, 어떤 음악을 듣는지, 어떤 생각을 하는지 등등. 나도 그것이 궁금하다. 두렵기도 하지만.

아미나는 반짝이는 포장지로 싼 선물 같다. 귀퉁이가 반듯하고 테이프는 보이지 않게 잘 포장된 선물. 내가 원하던 것이 아니면 어떡하나 싶어서 포장을 뜯고 싶지 않은 기분이다.

그것도 남자아이들이 하는 생각은 아니지 않나? 아미나가 어떤 사람이든 나는 사랑하겠지만, 만약 걔가 「빅 브라더」 같은 드라마를 좋아하면 어떡하지? 제일 좋아하는 노래가 영화 「타이타닉」의 주제가 '내 마음은 변치 않을 거예요'라면? 그런 걸 알고 난 뒤에는 친구 하기 어려울 것 같은데. 나는 그냥 여기서 바라만 볼게. 고마워.

과학 시간에 줄리아와 나란히 앉았다. 줄리아는 영리하지만, 어떤 정신적인 문제가 있는 것 같다. 아니면 그냥 지루하거나. 가끔은 책상 아래에 손톱을 쌓아 둔다. 내가 걔한테 "훌리아!" 하고 부르면 걔는 "렉시아!" 하고 외친다. 우리는 키스를 날린다.

줄리아의 입술은 칙칙한 분홍색이다. 립스틱을 바른 줄 알았는데 원래 색깔이 그랬다. 털이 좀 많아서 제모를 한다. 어느 날 털이 사라지고 윗입술과 양 눈썹 사이가 약간 빨갛게 된 걸 보고 알아차렸다.

나도 제모를 해야 하는지 궁금하다. 줄리아에게 물어 보면 되겠지. 그러면 원치 않는 털을 제거하는 여자들의 공간으로 데리고 가 줄 거야.

줄리아는 예쁘다. 몸매에 볼륨이 있다. 풍성한 머리칼은 늘 헝클어져 있다.

알렉스가 신음하며 말했다. 그치만 저 애가 서른 살이 될 때를 상상해 봐. 털북숭이에 엉덩이는 뚱뚱한, 애 둘 딸린 아줌마가 되어 있을걸.

너 참 못됐다. 15년 후에 그런 외모가 될지 모른다는 걸로 지금 그 애를 불만스러워하다니.

너도 그렇게 생각하고 있잖아.

말도 안 돼. 예순 살에도 섹시한 사람은 없어.

아미나는 예순 살에도 고상하고 당당할 거야.

우리는 아미나랑 결혼해서 영원히, 영원히 같이 사는 거야.

잠깐만, 지금 '내 마음은 변치 않을 거예요'라고 말하는 거야?

네 엉덩이가 변치 않을 거라는 건 장담한다!

바크스데일 선생님이 전자 칠판에 달팽이 사진을 띄웠다. 기분이 아주 나빠지고 식은땀이 났다. 자웅동체 복족류에 대해 이야기할 것이다. 교재에 있다. 예전 학교에서 이미 배웠다. 징그럽다며 다들 킬킬거리고 소리를 질러 대겠지. 안 봐도 뻔하다. 토할 것 같다.

"왜 그래?"

줄리아가 물었다.

"나 달팽이 싫어해."

다행히도 바크스데일 선생님은 다른 얘기를 하실 모양이다. 동면과 아나비오시스11에 대해 설명한다. 휴우.

미술 시간에는 시에라와 나란히 앉았다. 진흙으로 닭을 만들었다. 선생님은 내가 만든 닭은 썩 훌륭하지 않다면서 시에라가 만든 닭은 확실히 대단하다고 칭찬했다. 왜 그 애의 닭이 내 닭보다 나은지 이해가 안 간다.

한 남학생은 닭은 만들지도 않고 **꼬꼬댁!**이라는 글자를 만들었다. 선생님이 뭘 하는 거냐고 물어보자, 그 애가 말했다.

"패러다임을 뒤집고 있어요."

그 애가 정말 영리한 것인지 아니면 제멋대로 구는 것인지 몰라, 선생님의 표정이 굳어졌다. 선생님은 그 애한테 10점 만점에 6점을 주었는데, 내 점수와 같다. 나는 하라는 대로 닭도 만들었는데.

두 살짜리의 작품을 실제로 전시한 갤러리도 있지 않느냐고 미술 선생님한테 이야기해 볼까 생각했으나, 그런다고 선생님이 내 닭을 더 좋아할 것 같지는 않다.

"말도 안 돼. 제멋대로야."

시에라가 이렇게 속닥거렸지만, 은근히 좋아하는 눈치였다. 눈이 반짝거리는 걸 보고 알아차렸다. 내가 안 본다 싶을 때는 자기 닭을 보며 은밀하게 씩 웃기도 했다.

내 닭은 짱이니까 선생님이 어떻게 생각하는지는 상관하지 않는다. 나는 선생님이 상상도 못하는 방식으로 패러다임을 전복하고 있으니까.

우리가 바로 예술이지. 알렉스가 말한다.

그건 또 무슨 닭 같은 소리야!

금속 공예 시간에 망치질을 하게 되었기 때문에 이야기를 많이 하기는 어렵지만, 우편함 만드는 것은 타이가 도와주고 있다. 나는 여자니까 연장은 뭐, 좀 못 다뤄도 괜찮다.

타이는 나를 좋아한다. 그 애가 내 자리로 왔다. 연장 사용법을 알려 주다가 그의 손이 내 손에 살짝 스쳤다. 계속 이야기를 이어 가고 싶은지 멍청한 질문을 던지기도 한다. 그가 말했다.

"너는 목이 참 길구나."

그러더니 얼굴을 붉히고 딴 데를 쳐다보았다.

나는 뭐라 답해야 할지 몰라서 이렇게 말했다.

"그래, 너도."

우리는 웃음을 터뜨렸다.

5분 후에 그 애가 다시 웃기 시작했다. 내가 그 애 목이 길다고(사실은 길지 않다) 한 말이 생각나서 웃음을 참지 못하고 낄낄거렸는데, 걔가 웃는 것을 보고 내가 웃고, 그 애를 보고 웃는 나를 보고 걔가 또 웃었다. 수잔나 선생님이 우리를 향해 눈썹을 치켜세워서, 나는 웃지 않으려고 금붕어처럼 볼을 쏙 집어넣었다. 그랬더니 타이의 웃음보가 또 터졌다.

그러고는 이렇게 말했다.

"너 수퍼모델 해도 되겠다."

나는 입을 삐죽거렸다.

"왜, 수퍼모델 되는 거 싫어?"

그 애가 못 믿겠다는 듯 물었다.

"그냥 모델이 되면 안 되는 거야? 왜 수퍼라고 붙여야 해? 초인간적으로 키가 크고 초자연적으로 마른 걸로는 부족한가."

나는 한쪽 다리를 뒤로 들어 올리고 하늘을 나는 것처럼 주먹을 뻗었다.

타이가 잠시 생각을 했다.

"그래도 되려고만 하면 넌 될 수 있을 거야."

타이는 널 싫어하게 될 거야. 알렉스가 경고했다. 타이는 네

머리를 날려 버릴 거야. 혐오와 분노로 가득 차게 될 거야. 널 죽일지도 몰라.

그러나 지금 당장은 금붕어 얼굴을 하고서 여섯 살짜리처럼 낄낄거리고 있다.

우리가 늘 가는 운동장 나무 아래에 함께 있는데, 시에라가 주말에 밤샘 파티를 하자고 제안했다. 여자들끼리만. 마구 흔든 탄산음료처럼 머릿속에서 거품이 일기 시작했다. 딱 한 번 밤샘 파티를 해봤는데, 초등학교 때 학교에 불을 지르려고 했던 아이와 함께였다. 그날 밤 불을 지르려고 하지는 않았지만.

파자마 파티라니!

겉옷 아래에 파자마를 입어. 그러면 겉옷을 벗기만 하면 되잖아. 알렉스가 생각해 냈다. 강아지 그림이나 뭐 그런 게 그려진 파자마를 입어야 할걸.

알렉스와 내가 입장을 조율하는 동안 머리에서 거품이 보글보글 일었다. 내가 모르는 규칙과 의례가 많을 텐데 어쩌나.

그때 처음 보는 선생님이 우리에게 다가왔다. 학교 도서관 사서인 안젤라 선생님이었다. 하이힐에 단정한 원피스 차림. 반드르르한 '크리니크' 언니 같은 얼굴이다. 선생님은 도서관 기금 마련을 위해 패션쇼를 계획하고 있다고 설명했다.

나는 교정 건너편을 살펴보았다. 타이가 강당 가까운 곳에 남학생 다섯 명 정도와 함께 앉아 있다. 이제 그 무리에서 조금 떨어져 나와 서 있다. 손을 주머니에 넣고 나를 지켜본다. 독일산 셰퍼드 같다.

자, 이건 학부모 동의서야. 선생님이 우리를 데리고 학교 밖에 있는 패션쇼 후원 부티크로 갈 거라서 부모님의 동의가 필요하다고 했다. 진짜 스타일리스트가 우리가 입을 옷을 골라줄 거라고.

스타일리스트 이름은 리엔인데, 한때 모델이었대. 안젤라 선생님은 스타일리스트에게 깊은 인상을 받았는지 그 사람 이야기를 할 때면 매우 과장된 동작을 했다.

패션쇼 전 주말에는 옷을 다 갖춰 입고 리허설을 할 거라고 했다. 머리 손질과 메이크업을 받은 다음, 카탈로그용 사진 촬영도 할 거라고 했다. 실제 패션쇼는 도서관에서 열리는데, 부모님을 모시고 와도 좋다고 덧붙였다.

"멋지다!"

시에라가 얼굴을 살짝 붉히면서 말했다.

"너희 학년에서는 세 사람만 할 수 있어."

안젤라 선생님이 나하고 줄리아, 아미나에게 동의서를 건네주었다.

"위험 요소를 고려해서 결정한 거야."

그 말은, 시에라는 키가 작아서 옷맵시가 나지 않는다는 뜻이다. 시에라도 안다. 나는 키가 커서 뽑힌 것이다.

네가 수퍼모델 감이라서 뽑힌 거야, 알렉스가 말한다.

시에라는 내 잘못이라는 듯 가자미눈을 하고 나를 흘겨본다. 친구들이 뽑힌 걸 기뻐하는 통 큰 사람이 될 수도 있을 텐데, 얘는 질투를 하네.

아미나는 입술을 깨물었다. 선발 절차가 공정하지 않다고, 또 패션은 멍청하고 제멋대로라고 생각한다. 선발이 폭넓게 이루어지도록 싸워야겠지만, 옷을 차려입는 것은 기대가 되는 모양이다.

"아, 동의서를 제출할 때 네 출생증명서도 가지고 와. 전학 수속이 완전히 끝나지 않았더구나."

안젤라 선생님이 덧붙였다.

나는 고개를 끄덕였다.

"죄송해요. 깜빡했어요."

떡잎부터 없애야 할까 보다. 패션쇼에 관심 없다고 말하면 되겠지. 그러면 아미나가 자기도 그렇다고 할 거야. 줄리아 혼자 패션쇼를 하게 될 테지만, 그런 걸 분열이라고 보긴 어렵지. 우리가 패션쇼에 가서 응원해 주면 되니까. 피켓을 만들어 가서 응원해야겠다.

이 패션쇼 자체가 분열이야. 내 잘못이지. 내가 하기 싫다고 했더라면 아미나도 그랬을 테니까. 역시 패션은 멍청하고 제멋대로야.

알렉스가 나를 보더니 설레설레 고개를 흔든다.

뭐? 내가 대들듯이 말했다.

좋은 생각이 아니야.

이게 어떤 결과로 이어질지가 보인다. 당연히 안다. 나는 알렉스이기도 하니까. 그렇지만 멋있게 옷을 차려입고 뽐내듯이 걷다가 휙 돌기도 하며, 잡지에서나 본 런웨이를 걸어 보고 싶다. 아미나와 줄리아와 옷을 빼입고 낄낄거리면서 팔짱을 끼고 친구가 되고 싶다. 아름다워지고 싶다. 남들이 나를 아름답다고 생각하면 좋겠다. 사람들이 모두 타이가 나를 쳐다보듯이 나를 봐 주면 좋겠다.

시에라가 샘을 내다 보니 그것이 더 현실로 다가온다. 질투는 동정보다 백만 배 더 강력하다.

그냥 옷일 뿐인데 뭐, 내가 어깨를 으쓱했다.

하지만 그저 옷이 아니지? 패션은 여자들이 어떻게 보여야 하는지에 대한 규칙을 만들어. 어떻게 존재해야 받아들여지는지 말이야. 그 편협한 정의에 대항하는 사람이 있다면 그건 나여야 해.

만약…… 사람들이 네가 남자라는 걸 알게 되면 어떻게 할 것 같아? 알렉스가 물었다. 왜 사람들이 우리를 싫어할 빌미를 주려는 거야?

나, 남자 아니야. 내가 반박했다.

이번에는 다르기를 간절히 빈다. 알렉스가 말한다.

너는 계속 빌기나 해. 내가 대답했다.

16

집에서 엄마가 저녁으로 야채 파스타를 만들어 주었다. 잘 살펴봤는데, 고기는 없었다.

"고마워요!"

미소를 지으며 내가 말했다.

"다 먹어야 돼."

내 손을 톡톡 두드리며 엄마가 말했다.

엄마와 아빠는 고기가 들어간 파스타를 먹겠지만, 상관없다. 다함께 식탁에 앉았다. 거실에 텔레비전이 켜져 있고, 모두 그쪽을 보고 있었다. 아빠는 후추를 갈고 파마산 치즈를 뿌리는 등 향신료 때문에 분주했다. 나는 파스타를 접시 가장자리로 밀어 두었다. 맛은 좋지만, 오늘 있었던 일을 부모님께 말씀드려야 하기 때문이다.

"포크 옆면을 먼저 쓴 다음에 속으로 찔러 넣어, 이렇게."

엄마가 시범을 보였다.

"엥?"

"너는 포크를 삽처럼 쓰고 있잖니."

엄마가 허공에서 포크로 삽질을 했다.

"무슨 차이야?"

알렉스가 물었다.

"손가락을 가볍게 얹고 검지로 방향을 잡아. 그리고……"

나는 말을 가로챘다.

"그냥 먹기만 하면 안 될까? 좀?"

"생각나서 그냥 얘기하는 거야. 포크 옆면이 아래로 향해야 해. 엄마 아니면 누가 이런 걸 가르쳐 주겠니?"

"학교에서 패션쇼가 있어."

내 말에 부모님이 나를 쳐다봤다.

"그런데 내가…… 음…… 모델을 하게 됐어."

"여자 모델?"

파마산 치즈를 집은 손이 접시 위에서 멈춘 상태로 아빠가 물었다. 절묘한 때에 얼어 버린 것이다.

나는 어깨를 으쓱하며 말했다.

"아직 옷은 못 봤지만 아마 그럴 거야. 전학 가서는…… 여학생으로 다니고 있으니까."

전학 서류 갖고 가야 되잖아. 출생증명서. 알렉스가 내 귀에 속삭인다. 지금 얘기해.

알아. 아는데, 패션쇼 얘기만으로도 용기를 다 썼어. 나는 구깃구깃해진 동의서를 식탁 건너편으로 밀었다.

"부모님 중 한 분이 여기 사인하셔야 돼."

별일 아니라는 듯이 내가 말했다.

엄마, 아빠는 눈빛을 교환했다. 동의서는 아빠 쪽에 더 가까웠다. 아빠가 그것을 집어서 읽었다.

"부모님께. 댁의 자녀가 여차저차한 행사에 참여하는 것을 허락해 주십시오. 방과 후에 여차저차, 사진은 부티크의 소유물이 될 것이며, 여차저차, 댁의 자녀를 학교 운동장에서……"

아빠는 단숨에 읽어 내렸다. 가슴팍 호주머니에서 펜을 꺼내어 당장 사인할 태세였다.

엄마는 포크를 접시 가장자리에 놓고는 아빠를 빤히 보았다.

"우리, 얘기를 해봐야 하는 거 아냐?"

"당신이 반대하는 이유는 뭔데?"

아빠가 물었다.

엄마는 입을 벌린 채 나를 쳐다보았다. 나는 음식만 부지런히 뒤적거렸다.

내가 엄마를 두려워하는 이유는, 쇼핑백을 휘두르는 실성한 할머니와 길에서 마주쳤을 때 두려운 이유와 같다. 권력이 아니라 예측 불가능성 때문이다.

"그냥 옷일 뿐이야, 여보."

아빠가 부드럽게 말했다.

"그냥 옷이 아니잖아!"

엄마 목소리가 갈라졌다.

"여보, 파스타를 먹을 때 꼭 이렇게 해야 된다는 유일한 방법 같은 건 없어."

아빠가 말했다.

"없긴 왜 없어!"

엄마가 식탁을 쾅쾅 치며 말했다.

"엄마가 가르치지 않으면, 식탁에서 돼지처럼 먹으면 안 된다는 걸 아이가 어떻게 배워? 지금은 아니겠지만, 나이 들면 예의 차리면서 식사하는 법을 알고 싶어 한다고. 애가 지금은 그걸 이해하지 못하지만."

부모님은 침묵 속에 서로 쳐다보기만 했다.

"우리가 서로 편을 들어줘야 한다며."

엄마가 덧붙였다.

아빠는 엄마 쪽을 보지 않고 서명했다. 나는 얼른 그것을 다시 주머니에 넣었다.

출생증명서도 얘기해야지. 알렉스가 또 상기시킨다.

이미 버스 떠났어. 그래도 크로켓이 있잖아.

17

그걸 발견하고 얼마나 맘이 편해졌는지 몰라요! 모든 게 다 설명되더라고요! 알렉스는 어릴 때부터 호르몬 치료를 받아 왔어요. 근데 아이 방에 들어갔다가 침대 옆 서랍에서 숨겨둔 약을 찾았지 뭐예요. 약을 쭉 먹지 않았던 거예요! 그래서 이런 일이 벌어진 거라고요. 지난 몇 주간 겪은 악몽 같은 시간이 그 때문이었어요. 아이가 약을 다시 복용하기만 하면 모든 게 제자리로 돌아갈 거예요.

애가 채식을 하기로 결심한 게 참 다행이에요. 아이 식사를 따로 만들어서 속에 약을 몰래 넣으면 되니까요. 채식이란 게 대개 질척하고 걸쭉하잖아요. 좋은 방법은 아니지만, 앞으로 이틀 안에 효과를 볼 거라 기대해요.

이제야 왜 아이가 그렇게 화를 내고 기분이 엉망이었는지 이해가 돼요. 호르몬이란 건 원래 강력한데 거기다 십대라는 점까지 겹쳤으니 그럴 만하죠. 이제는 확실히 아이 기분이 안정될 거예요.

이걸로 제 어깨를 누르던 부담이 얼마나 가벼워졌는지 몰라요!

지금 문제는 그 애가 모델이 되고 싶어 한다는 것뿐이에요! 그래요, 여자 모델이요! 패션모델 말이에요. 그건 정말로 여자라는 조건이 필수적인 유일한 직업이잖아요. 전형적이죠! 이런 것도 약 효과가 나타나면 금세 사라지리라 기대한답니다.

헤더

댓글

디디 : 당신이 그동안 고생했던 게 그것 때문이었군요!

빅 : 헤더, 지금이 당신에게 너무나 혼란스러운 시기라는 것은 이해하지만, 말도 없이 아이에게 테스토스테론을 먹게 하는 건 잘못 아닐까요? 저만 그렇게 느끼나요? 잘못된 거잖아요? 차분히 앉아서 알렉스에게 그녀가 원하는 것에 대해 이야기해야 하지 않을까요?

디디 : 우리 집 세 살짜리 쌍둥이가 채소를 안 먹으려고 하면, 저는 차분히 앉아서 이야기를 하지 않아요. 감언이설로 속이고 공갈을 하고 뇌물을 써서 결국 채소를 먹게 만들죠. 좋은 부모는 그렇게 해야 해요. 아이에게 무엇이 좋은지 스스로 결정하게 두지 않아요. 무엇이 옳은지는 부모가 결정해야죠. 그것이 부모 노릇이니까요. 그게 좋은

부모, 법을 준수하는 부모가 되는 길이에요.

빅 : 알렉스는 세 살이 아닙니다.

디디 : 그럼, 알렉스한테 주의력 결핍과 과잉행동장애가 있는데 약 먹기를 중단하기로 결정한다면요? 차분히 앉아서 이야기해야 된다고 보나요? 만약 암이면요? 아님 당뇨병이면? 정신분열증이면 어떻게 하죠? 안 되죠, 아이가 약을 먹도록 해야죠!

빅 : 알렉스는 암에 걸린 게 아니에요. 병이 있는 것도, 엄마가 알렉스의 정체성을 결정할 수 있는 것도 아니에요. 그건 알렉스가 할 일이에요. 지금 알렉스는 제 몸과 행복에 대해 충분히 알고 직접 결정할 수 있는 상태가 아니에요. 이건 정말 심각한 문제예요. 사춘기 동안 일어나는 몸의 변화 중 어떤 것들은 되돌리기 어려울 거예요. 그녀는 그 몸으로 평생을 살아야 한다고요. 미안하지만, 제 견해로 이건 학대예요.

셰릴 : 이 문제를 매우 진지하게 생각하시는 건 이해하지만요. 빅, 당신은 알렉스를 만나본 적도 없잖아요. 아들에게 무엇이 최상인지 결정하는 건, 그가 열여섯이 될 때까지는 헤더가 할 일이에요.

빅 : 아들이 아니라 딸이에요. 알렉스는 여자예요.

헤더 : 걱정해 줘서 고마워요, 빅. 그 애가 태어난 뒤로 줄곧 의사들이 철저히 검사했는데, 알렉스는 사실상 남성이라고 의사들이 결정을 내렸어요. 병은 아니지만 의료적 도움이 필요한 상태죠. 그 애가

최대한 남성으로 발육하도록 호르몬의 도움이 필요할 뿐이에요.

빅 : 누군가 알렉스에게 이야기해야 할 시점 아닌가요?

18

우리는 학교 미니버스를 타고 첫 리허설에 갔다. 모두 열 명이었다. 아미나, 줄리아, 내가 가장 어렸다. 10학년이 세 명, 11학년이 네 명이었다. 안젤라 선생님이 앞에 앉고, 처음 보는 대머리 선생님이 운전을 했다. 도착하자 그 선생님은 신문을 꺼내고 좌석을 약간 뒤로 제쳤다.

우리도 대머리가 되려나? 알렉스가 묻는다. 아빠도 대머리가 되어 가고 외할아버지도 대머리인데. 나는 정수리에 손을 얹어 본다. 지금은 머리숱이 많다. 아무튼 그걸 신경 쓸 때가 아니다.

패션쇼 옷을 협찬하는 곳이 쇼핑몰 어디쯤에 있는 평범한 가게려니 생각했는데, 뜻밖에도 창고였다. 천장에는 반짝이는 방음판이 둘러져 있고, 빙글빙글 돌아가며 작은 불빛들을 쏘는 조명이 달려 있다. 옷들이 바퀴 달린 옷걸이에 걸려 여기저기 어지럽게 줄을 서 있다. 한가운데에는 무대가 있다. 웨딩숍에서 이런 걸 본 적이 있다. 작은 단 위에 서 있으면 누군가가 드레스 단을 매만진다. 여기는 보통 가게가 아니라 온라인 주문만 받는 곳인가 보다.

스타일리스트가 도착하고 안젤라 선생님이 설명하는 동안 뒤에 서 있었다.

"이건 분명히 하고 넘어가자."

선생님이 말문을 열었다.

"너희들이 섹시해 보이는 건 원치 않아. 그건 적절하지 않아. 워킹 할 때 학교에 늦었다 하는 기분으로 걸어. 가슴골이나 허벅지는 드러나지 않게 할 거야. 교장 선생님이 드레스 리허설에 오실 텐데, 교장 선생님 마음에 들지 않으면 패션쇼가 취소될 테고, 다시는 이런 걸 못할 거야. 자, 그러면 워킹을 한번 볼까."

우리는 줄을 서서 창고 끝에서 반대쪽 끝까지 걸었다.

"아니, 아니, 아니야. 골반을 그렇게 심하게 흔들지 말고."

안젤라 선생님이 지도해 주었다.

"얘처럼 해봐."

선생님이 이렇게 말하면서 나를 가리켰다.

"쟤는 남자처럼 걷잖아."

누가 웅얼거렸다.

뒤에서는 스타일리스트 리엔이 옷을 매치하기 시작했다.

"이건 기금 마련 쇼야."

리엔이 설명했다.

"관람객들은 주문서 양식을 받아서 원하는 옷과 사이즈를 체크해. 나갈 때 제출하는 거지. 그러니까 우리는 너희 엄마가 입을 만한 옷들이랑 학교 댄스파티용 드레스들을 보여 줄 거야."

그 다음 리엔은 브라와 팬티만 남기고 옷을 벗으라며, 각자에게 옷을 나누어 주겠다고 말했다.

소녀들은 주위를 두리번거렸다.

"자, 자, 얼른 하자. 여기 여자들뿐이야."

소녀들은 옷을 벗기 시작했다. 아미나가 옷을 벗고 있다. 구두를 벗어던진다. 점퍼스커트의 지퍼를 열어 달라고 줄리아에게 등을 보이고 선다. 줄리아가 아미나의 지퍼를 내려 준다. 아미나의 옷이 어깨에서 스르륵 흘러내린다. 옷이 구겨지며 바닥에 떨어진다. 셔츠를 입고 있는데도 엉덩이 곡선이 드러났다.

11학년 중 한 명은 핑크 레이스 브라 속에 커다란 젖가슴을 갖고 있었다. 눈길 닿는 데마다 젖가슴과 엉덩이가 있다. 나는 빙그르르 몸을 돌렸다.

이제 아미나가 내 쪽으로 다가온다. 속옷만 입은 채로. 몸은 섹시하고 부드러워 보였고 운동선수 몸처럼 단단하다.

아미나가 내 지퍼 쪽으로 손을 뻗었다. 내가 빙글 도는 걸 보고 도와 달라는 뜻으로 오해한 것이다. 아주 가까이 왔기 때문에 내 피부에 그 애의 숨결과 몸의 온기가 닿았다.

알렉스가 머릿속에서 소리치고 있었다. **애들이 볼 거야! 애들**

이 볼 거라고!

"아니야!"

아미나에게서 물러서며 외쳤다.

아, 불쾌하고도 뻔한 포르노 장면 같다. 이건 악몽이야. 눈을 꼭 감아 보았지만, 향수 냄새 같은 것들이 코로 스며들었다. 소녀들에게서 나는 냄새다. 코로 들어오더니 바로 배 아래쪽으로 갔다. 나는 국수 앞에 양손을 모았다.

"왜 그래?"

안젤라 선생님이 물었다.

애들이 볼 거야!

알렉스가 흥분했다. 진땀도 흘리고 있다. 곧 울음을 터뜨릴 것만 같다.

닥쳐!

"몸이 좋지 않아요."

나는 속삭이듯이 말했다.

아주 창피했다.

선생님이 나를 뚫어져라 보더니 다른 아이들이 없는 데로 나를 데리고 갔다.

"왜 그러니?"

침을 꿀꺽 삼키고 말했다.

"저, 브라를 하지 않았어요."

나는 고백했다.

“다른 사람들 앞에서 옷을 갈아입어야 할 줄은 몰랐어요.”

땀나는 얼굴에 손부채질을 했다.

“죄송해요. 그냥…… 당황스러워서요.”

선생님이 내 눈을 들여다보더니 한숨을 쉬었다.

“알았다. 나한테 생각이 있어.”

안젤라 선생님이 바퀴 달린 옷걸이들을 끌고 와서 내 주위에 삼각형으로 배치했다. 탈의실이 되었다.

“됐니?”

선생님이 물었다.

나는 코트가 줄줄이 걸린 옷걸이 위로 고개를 끄덕였다.

“탈의실 원하는 사람 또 있어?”

선생님이 물었다.

아무도 없었다. 대부분 쳐다보지도 않고 옷을 개느라 바빴다. 벗은 옷을 발 옆에 차곡차곡 쌓아 두거나 의자 위에 두었다.

줄리아가 아미나를 쳐다보고는 눈알을 굴렸다.

리엔은 안젤라 선생님 쪽으로 몸을 기울이며 작은 소리로 말했다.

“저 애가 문제를 일으키려나?”

안젤라 선생님은 어깨를 으쓱하기만 했다.

나는 못 들은 척했다.

리엔이 옷걸이 위로 빨강 타탄 체크 무늬 정장을 건넸다.

“여깄네요, 공주님.”

다른 소녀들은 이미 옷을 걸치는 중이었다. 마침내 모두 다 옷을 입은 상태가 되었다. 로드킬[12]을 떠올려봐. 파리가 뒤덮인 냄새나는 사체. 그렇지. 효과가 있어.

나는 치마 앞섶을 매만졌다. 만지고 또 만졌다. 크리니크 언니처럼 반드르르하게. 그 다음 옷걸이를 치우고 빨강 타탄 체크 정장에 내 부츠를 신은 차림으로 걸어 나갔다. 멈춰 서서 손을 허리에 올렸다.

리엔과 안젤라 선생님이 눈길을 교환했다. 안젤라 선생님이 고개를 흔들었다.

"왜 그러세요?"

내가 물었다.

"아니야. 그냥……"

"네가 진짜 모델 같아서."

리엔이 말을 끝맺었다.

19

오늘 크로켓 씨를 만나러 갈 생각이다. 샤워하면서 다리털을 밀었다. 어디쯤에서 면도를 멈춰야 할지 몰라 계속했다. 시간이 엄청 걸렸다. 진정 이걸 더 잘하는 방법을 알아내야겠다.

'자기, 색다른 길로 가 봐요.'라는 노래를 흥얼거린다.

무릎까지 올라오는 양말을 신고 금속 코가 달린 부츠를 신었다. 예전 학교의 회색 교복 반바지와 나비 티셔츠를 꺼냈다. 머리카락은 정수리에서 두 갈래로 돼지 꼬리처럼 귀엽게 묶었다. 축구복 소매를 허리에 둘러 묶었다.

거울을 보니 누나 티셔츠를 입은 남자아이 같다. 엄청 두껍게 아이라인을 그리고 볼에는 분홍색 별을 그려 넣었다. 그 다음 작은 게이샤 입술을 그렸다. 좀 기괴한 느낌이다. 약간 레이디 가가 같기도 하고. 나는 마음에 든다. 레이디 가가는 여자들이 드랙퀸이 될 수 있도록 허락해 준 셈이다.

부모님 방에서 샤워 소리가 들릴 때까지 기다린 다음, 계단을 달려 내려갔다. 엄마 지갑에서 20달러를 꺼내고 부엌 테이블에 쪽지를 남겼다.

늦어서 그냥 가요.

안뇽. 알xx.

엄마가 부엌 의자에 둔 팔찌가 보였다. 모조 다이아몬드로 된 반짝이는 까만 꽃들과 나비가 붙은 은팔찌다. 대형 마트에서 산 싸구려 팔찌지만, 눈에 확 띄고 내 셔츠하고도 잘 어울린다. 걸쇠를 풀고 팔뚝에 둘렀다. 멋있는데. 길거리 패셔니스타가 되는 거야.

시내로 가는 버스를 타고 백화점 식품관을 둘러볼 생각이다. 우리가 오스트레일리아 남부에서 고급 치즈를 팔러 온 낙농업자라면 가게는 그런 데 있을 테니까. 그러나 이렇게 시간이 지나도록 아무도 나의 배경에 대해 묻지 않았다.

예쁜 옷이 정말 많았다. 의류 매장에 들어가서 옷을 몇 벌 입어 보았더니 점원이 아주 흥분한다. 내가 옷을 많이 살 거라고 생각하나 보다. 점원은 탈의실 문 너머로 옷을 계속 던져 주었다. 가진 돈이 없어서 아무 것도 사지 않고 나오니 점원이 돌이라도 씹은 표정을 했다.

어느 중고품 가게에서 눈을 확 사로잡는 물건을 하나 발견했는데, 값이 4달러였다. 믿을 수가 없다. '카징커'라는 것인데,

그걸로 옷에 장식물을 붙일 때 나는 소리를 딴 이름이다. 탁월한 작명이다. 색색깔의 작은 나비들과 유리 단추까지 끼워 주었다.

거리 예술가가 동상처럼 분장하고 꼼짝 않고 서 있다.

기술 하나 없이 돈 버는 방법이네. 알렉스가 말한다.

내가 낄낄거렸다. 맞아, 저 사람은 동상이 된다는 아이디어를 떠올리지도 않았으니까.

알렉스와 나는 데이비드 존스 백화점 속옷 코너로 갔다. 똑바로 당당하게. 온갖 색깔의 브라들이 앞에 있고 뒤에는 할머니용 커다란 흰색 브라가 있다.

조그만 주황색 꽃이 달린 연청색 브라가 있었는데, 섬세하고 소녀스러웠다. 컵 사이즈라는 게 뭔지는 나도 안다. 상식이니까. 아마도 나는 A일 듯한데, 숫자도 있었다. 슥 훑어보니 10에서 18까지 있다. 몇 개 입어 봐야겠어.

아싸! 알렉스가 손바닥을 마주 비빈다.

나는 사이즈 8, 12, 16을 골랐다.

팬티를 보려고 쭈그리고 앉았다. 맨 앞에 끈 팬티가 있고 그 뒤에는 골반 팬티가 걸려 있었다. 온통 레이스로 된 골반 팬티에는 작은 주황색 리본이 달려 있었다. 더 잘 보려고 하나를 뒤로 쭉 밀어 보았다.

오호! 알렉스가 신나 한다.

"까꿍!"

뒤에서 목소리가 들렸다.

깜짝 놀라 돌아보았다. 타이였다.

나는 손에 팬티를 여러 장 들고 있었다. 다시 옷걸이에 걸려고 하다가 떨어뜨리는 바람에 바닥에 흩어져 버렸다. 어쩌다 끈 팬티 하나가 손에 걸려서 그것도 바닥에 떨어졌다. 들고 있던 브라까지 떨어뜨리고는, 재빨리 일어나 속옷에서 멀어지려고 한 걸음 크게 옮겼다.

"와, 너 멋지다!"

타이가 말했다. 그는 내 손을 잡고 춤을 청하듯 손을 들어올렸다.

"고마워."

그의 손을 떨쳐 내면서 말했다. 비닐봉지에 든 카징커는 등 뒤에 숨겼다. 방심한 상태에서 타이를 만나는 바람에 약간 당황스러운 상태에 빠졌다. 뭐 놓친 건 없나 생각하면서. 오늘은 일이 잘 안 풀릴 것만 같다.

"여긴 웬 일이야?"

팬티에서 멀어지려고 옆으로 한 걸음 더 옮기면서 물었다.

"치과."

타이가 얼굴을 찌푸리며 말했다. 그는 자기 엄마를 소개해 주었다. 엄마라니! 속옷 코너에서! 내가 입어 보려고 한 속옷이 바닥에 널브러져 있는데! 타이 엄마는 사십 대로 보였다. 풍성한 치마에 납작한 샌들을 신고 화장기 없는 얼굴이었다. 분명 큼직한 흰색 브라를 착용하시겠지.

"아, 네가 알렉스구나."

"안녕하세요."

타이 엄마가 나를 살펴보는 동안 얼굴이 좀 붉어졌다. 옷걸이에 걸린 셔츠를 들고 있었는데, 그걸 입어 보고 오겠다는 듯이 흔들더니 어딘가로 사라졌다.

나는 속옷에서 멀어지는 쪽으로 한 걸음 더 옮겼지만, 타이의 시선은 속옷이 걸린 옷걸이 위로 미끄러졌다.

"이따 영화나 같이 볼까?"

그가 물었다.

"난 한 시간 정도 여기 있을 건데."

"할 일이 있어."

나는 고개를 옆으로 돌리면서 말했다.

"그래?"

그의 눈이 바닥에 떨어진 팬티를 훑었다.

나는 고개를 끄덕였지만 자세히 이야기하지는 않았다.

"일이 끝난 다음에는 어때?"

희망을 버리지 않고 그가 물었다.

"시간이 얼마나 걸릴지 모르겠어."

점원이 내가 떨어뜨린 팬티들을 뒤에서 사사삭 재빠르게 주워 모았다. 점원을 말릴까 생각했지만 마음을 바꾸었다. 다음에 돈이 있을 때 다시 골라야지.

"기다릴 수 있어."

그가 제안했다.

"됐어."

내 말에 실망한 기색이었다.

"그럼 다음에?"

"어쩌면."

타이는 가장 가까운 옷걸이에서 브라를 하나 집었다. 그것을 내 앞에 대 보고는 눈썹을 치켜세운다. 나는 그 표정이 뭔지 잘 안다. 국수가 서는 표정이다. 역겹다.

"타이, 나는, 음, 여자를 좋아해."

나는 불쑥 내뱉었다.

이런, 멍청이! 왜 그런 말을 하는 거야? 알렉스가 말한다.

타이가 웃었다.

"그럴 리가! 진담이야?"

발로 바닥을 문질러 댔다. 왜 그런 말을 했는지 모르겠다. 전에는 한 번도 남자애가 데이트를 신청한 적이 없었고, 타이를 속이고 싶지 않았다. 나는 타이를 좋아한다. 재미있는 아이다. 친구가 되면 좋겠다. 우리가 사귈 가능성은 없다 해도 그가 나를 좋아하기를 바란 것 같다.

"진담이구나!"

타이의 입이 딱 벌어지고 그의 얼굴에서 또 다시 우드 장군이 나타났다. 그는 단념하지 않는다. 다른 여자아이와 함께 있는 나를 상상한다. 오히려 지금 닿기 어려운 대상이라는 점이 상황을 악화시키고 나를 더 섹시해 보이게 만들고 말았다. 내가 아미나에게 느끼는 것이기에 잘 안다.

"학교에서는 아무한테도 말 안 했어."

속눈썹 아래로 흘끔거리면서 내가 말했다.

"근데 네가 나 좋아하는 거 알아. 네가 오해하지 말았으면 해서……. 우린 친구가 되면 좋겠어. 흔히 말하는 '친구로 지내자' 그런 얘기가 아니고. 나는 네가 좋아. 정말 친구가 되고 싶어."

타이는 이해하지 못했다. 내 말이 그의 귀에 가닿긴 했지만 듣고 있지 않았다. 당연하다. 전부 어리석고 공허한 말이니까. 아, 이건 실수다.

타이는 말할 것이다. 나는 파자마 파티에 가지 못할 것이다.

"비밀로 해줄래?"

내가 물었다.

그는 자기 입을 지퍼로 채우는 시늉을 했다.

그러나 말할 것이다.

당연히 얘기하지. 알렉스가 날 비웃는다. 네가 눈앞에서 사라지기 무섭게 친구한테 문자를 보낼걸.

"그럼, 갈게."

나는 그렇게 말하고는 서둘러 그 자리를 떴다.

점심 쇼핑객들 사이로 걸으면서 나는 손을 관자놀이에 갖다 댔다. 머리가 아팠다.

타이가 우연히 날 만났고, 그것뿐이다. 나는 휴일 하루를 보내던 중이었다. 여자 되기의 드레스 리허설을 하고 있었다. 그런데 그 애 덕분에 생각해 보지 못한 일들을 생각하게 되었다.

그래도 괜찮을 거야. 그치?

20

상담 예약을 하지 않았지만, 크로켓 씨가 중간에 끼워 주었다. 사무실에 들어가니 서류에 파묻혀서 책상이 더 깊어진 듯 보였다. 이제는 바닥에도 서류 더미가 있었다. 서류 캐비닛 위에는 죽은 화분이 있었다. 아저씨의 눈썹 사이가 더 넓어진 것처럼 보였다. 구석에 사다리가 있고, 사무실 문이 그전과 완전 똑같은 색으로 다시 칠해져 있었다. 손수 칠을 한 모양이다.

"단장하고 있어."

내가 알아보는 걸 알아채고 그가 눈알을 굴리면서 말했다. 어쩌면 천장이나 위층에 있는 방들을 가리키는 눈짓인지도.

"다시 보니 반갑구나. 단도직입으로 말할게. 새 출생증명서 발급을 신청할 거야. 판사가 너랑 얘기하고 싶어 할지도 몰라."

내가 고개를 끄덕이며 자리에 앉았다.

"이 분야에는 법칙이 하나 있단다. 과거 성공 사례를 보면, 신청을 거부했을 때 신청자의 목숨이 위태로워지겠다고 판사가 느낀 경우에 승인을 받았어."

목숨이 어떻게 위태로워진다는 거지?

"그게 무슨 뜻이에요?"

그가 두 손을 마주 잡았다.

"신청자가 자해할지도 모른다고 느꼈을 때 말이다."

그가 좀 더 명확히 말했다.

"판사의 질문이 그런 방향으로 갈 수 있어. 너는 심리 상담을 받아야 할지도 몰라."

나는 의자에 등을 기댔다.

"그 말씀은, 제가 여자라고 되어 있는 새 출생증명서를 받지 못하면 자살이라도 하겠다고 판사한테 얘기해야 된다는 건가요? 그건 판사를 협박하는 거 아니에요?"

"너도 할 거냐?"

그가 새처럼 고개를 옆으로 갸우뚱하며 말했다.

"자해 말이다."

"그런 건 생각해 본 적도 없어요."

사실은 있다. 비밀이지만. 창피해서 죽을 지경이라는 말이 왜 있는지 아시려나? 예전 학교에서 일어난 일 이후에 그런 생각을 했다. 그 일을 생각하는 것조차 견딜 수가 없다. 다른 걸 생각하자, 빨리. 아미나 생각을 해.

나는 미소 지으려고 했지만, 입술이 뒤틀렸다.

크로켓 씨는 내가 안쓰러운 모양이었다. 뭔가 적는 척했지만, 낙서를 하고 있는 듯했다.

"그보다는 좀 더 복잡해."

그가 말했다.

"찾아보니까 여권에 새로운 성별을 표시하려고 신청한 경우가 몇 건 있던데, 그 사람들은 성 전환 수술을 하러 외국으로 가야 하기 때문에 필요한 거였어. 너는 나중에 수술을 하고 싶어질 것 같니?"

나는 얼굴을 붉히며 말했다.

"저는, 음, 그럴 필요는 없어요."

"뭐?"

그가 깜짝 놀라며 물었다.

"캐물어서 미안하지만, 내가 상세한 내용을 알아야 하거든."

"상세한 내용이요?"

크로켓 씨는 우리의 국수에 대해 묻고 있는 거야. 알렉스가 설명했다.

"제 것은……"

나는 힘겹게 말을 이어 갔다.

"그게, 저는 음낭이 없어요. 전혀요. 저한테는…… 그보다 좀 더…… 그러니까 제가 부르는 이름은 뭐냐 하면……"

크로켓 씨는 입술을 깨물면서 기다렸다. 역겨워하는 표정이었다. 이상하게도 자꾸 눈이 가는, 로드킬을 보는 듯한 심정일 것이다.

"그런데 젖가슴이 커지기 시작한 것 같아요. 언제부터였나 하면……"

약을 끊은 뒤부터지. 알렉스가 말을 끝맺는다. 얼굴이 빨갛게 달아올랐는데, 그건 창피해서가 아니다. 우리는 그 사실에서 뭔가를 추론한 것이다. 나는 부모님에 대해, 부모님이 내게 이야기한 것에 대해 다시 생각했다.

내가 어릴 때 그걸 국수라고 부른 사람은 엄마였다. 엄마가 쓴 말이었다. 부모님은 나를 앉혀 놓고 내가 다른 남자애들하고는 조금 다르다고 말씀하셨다.

너 그 생각 해? 알렉스가 느릿느릿 말한다.

하지만 걱정 마. 엄마가 말했다. 누구나 다 남들과 다른 신체 부위가 있어. 다른 사람들보다 털이 많은 사람, 눈 색깔이 다른 사람, 윗입술이 찢어진 사람, 커다란 반점이 있는 사람도 있어. 네 국수는 날 때부터 찍힌 반점 같은 거야. 너는 다른 남자애들과 약간 다르기 때문에 약을 먹어야 해. 많은 사람들이 다양한 이유로 약을 먹어. 아빠는 혈압 때문에 약을 드시잖아. 사람들은 대부분 어떤 종류의 약을 먹는단다. 부모님은 내게 이렇게 말씀하셨다.

전에는 그런 것들을 서로 연결하지 못한 것뿐이다. 약을 먹는 것. 그리고 남자아이가 되는 것.

다시 이야기를 시작했다.

"이렇게 말해 보죠. 정상적인 부분을 찾아보자면 제가 가진 건…… 이쪽, 저쪽 편에 각각 한 부분씩이라고나 할까요."

"그렇군."

단호하게, 그가 말했다.

"그런데 너는 어디로……"

"어디로……?"

나는 그가 말을 마치기를 기다렸다.

그는 펜을 치아에 대고 딸깍거리고 있었다.

"어디로 소변을 보느냐고. 왜냐하면 겉으로 나온 기관을 통해 소변을 보면 남자일 것이고, 겉에 달린 것으로 소변을 보지 않으면 여자일 테니까, 그치? 그러니까 내 말은, 그게 일종의, 생리학적으로 일종의……"

그가 또 말을 끌었다.

나는 한숨을 쉬었다.

"보여 드리는 게 더 쉽겠어요."

일어서서 바지 지퍼로 손을 가져갔다.

"안 돼!"

그가 책상에서 뒤로 물러났다.

"그림으로 그려 드릴까요?"

내가 제안했다.

"아니야, 그러지 마!"

그의 눈이 공포로 휘둥그레졌다. 볼은 빨갛게 달아올랐다.

그의 책상에서 포스트잇을 떼어 냈다.

"그림을 그려 드릴게요."

"알렉스! 제발 그러지 마. 그건 부적절해."

"부적절하다고요?"

나는 그리면서 계속 이야기했다.

"적절해요. 왜냐하면 저는 그것에 대해 이야기하지 말라는 얘기를 언제나 들어 왔거든요. 그래서 여러 중요한 것들을 놓쳤어요. 내가 여자라는 사실 같은 거요. 그러니 이건 적절한 것이 맞아요, 크로켓 아저씨."

그는 서류철을 마치 방패처럼 얼굴 앞에 들고 있다.

"제가 괴물이라는 거 저도 알아요."

나는 계속 말했다.

"그건 이 일하고 상관없잖아요. 제가 여기 온 이유는 여자가 되고 싶어서가 아니에요. 제가 여자이기 때문에 도움을 청하러 온 거예요."

책상 위에 포스트잇을 찰싹 붙였다.

크로켓 씨는 팔을 쭉 뻗어서 그림을 멀찌감치 들고는 곁눈질하면서 입술을 아래로 늘어뜨린 채 말했다.

"그런데 이건 축소해서 그런 거지?"

나는 눈을 새초롬히 뜨고 말했다.

"아저씨, 지금 저 웃기려고 그러시는 거예요?"

크로켓 씨의 얼굴이 굳었다.

"아, 아니, 그게……"

그가 더듬거렸다.

나는 웃음을 터뜨렸다.

"어쨌든, 말씀드린 대로 저는 수술을 받아야겠다고 생각하지는 않아요. 거기 있는 것이 정말로 바뀔 필요가 있다고 생각하지 않거든요. 제 경우에 도움이 될지 모르겠지만, 의료 기록 같은 것들이 있을 거예요. 어릴 때 의사들을 만나러 갔으니까요. 언젠가 한번은 엄청 많은 사람들이 보러 와서 엄마가 완전히 뚜껑이 열렸죠. 그 후로는 검사를 더 받지 않게 되었어요."

크로켓은 이 대화 전체를 난감해했지만, 최선을 다하고 있었다. 그는 음음, 하면서 목소리를 가다듬고 기록을 했다.

당황스러운 이야기를 하는 김에 나는 이 얘기까지 마저 했다.

"저는 돈을 낼 수가 없어요."

그는 눈을 들어 책상 위에 있는 서류 더미를 보았다. 그리고 이렇게 물었다.

"페인트칠할 줄 아니?"

21

전철에서 혼자 괜히 미소를 짓고 있었다. 일자리가 생겼다. 매주 토요일 오후 네 시간씩, 끝날 때까지 크로켓 씨의 사무실에 페인트칠을 하기로 했다. 화려한 일은 아니지만 그래도 일자리다. 내 첫 일자리.

로오오오옥사아아안.

친구들한테 말하고 싶어서 입이 근질근질하다. 바른대로 털어놓고 그저 페인트칠 아르바이트라고 이야기할까, 아니면 변호사 사무실에서 직업 체험을 한다고 할까. 아미나는 후자에 더 감명을 받겠지. 내가 법조인이 되고 싶어서 하는 거라고 생각할 테니까.

그런데 지금 나는 집으로 돌아가는 길이다. 내게 이야기해 준 것보다 더 많은 것을 부모님이 알고 있다고 생각하니 마음 깊은 곳에서 불쾌한 느낌이 소용돌이친다.

예를 들어, 약을 안 먹으면 여자로 변하게 된다는, 뭐 그런 거. 알렉스가 말한다.

왜냐하면 그건 '여자'가 기본 세팅이기 때문 아니겠어? 도대체 무슨 일이 벌어지고 있는 거야?

자리를 옮겨 앉았다. 부모님께 물어볼 준비를 해야 한다.

뭐라고 말할 거야? 알렉스가 묻는다.

엄마, 나는 원래 여자인 거야? 줄곧 알고 있었어? 그럼 여자가 되고 싶다는 내 말에 기겁하는 이유가 뭐야? 이렇게 될 줄 알고 있었어야 하는 거 아니야?

왜 부모님은 내가 남자라고 우기는 거지? 왜 그냥 여자가 되도록 내버려 두지 않는 거야? 이해가 안 돼.

윗입술에 땀이 흘렀다. 심장이 아주 빠르게 뛰었다. 손가락 관절 위로 소맷부리를 끌어내린 다음, 주먹을 말아 쥐었다. 나한테 무슨 일이 벌어지는 건지 모르겠어.

무서워. 내가 알렉스에게 말했다.

나도. 알렉스가 말한다.

비가 부슬부슬 오고 있다. 차창에 비친 내 모습이 보인다. 밖을 보는 척했지만, 사실은 내 모습을 보고 있었다. 눈을 깜빡깜빡했다. 긴가민가했는데, 턱 끝에 털이 나 있었다. 굵고 뾰족한 털. 그 위를 손바닥으로 찰싹 때렸다.

저게 오늘 종일 저기 있었던 거야? 아니면 그전부터? 이런,

빌어먹을!

뽑아 버려. 알렉스가 말한다.

안 돼. 안 뽑히면 어쩔 거야? 그리고 내가 수염 뽑는 모습을 사람들이 볼 거라고. 젠장!

진정해.

진정? 완전 간달프처럼 보이는데!

좋아, 그럼 집으로 가는 동안 손으로 턱을 가려.

전화기가 부르르 떨려서 주머니에서 꺼냈다.

"훌리아!"

일부러 씩 웃음을 지으며 내가 말했다. 전화를 받을 때 미소를 지으면 목소리에 자신감이 실린다고 어디선가 들었다.

인턴이 되었다고 얘기해야지. 그렇게 얘길 해야겠어.

엄지손가락은 턱수염 위에 계속 두었다.

아, 아니, 수염이 아니라 털.

수염 맞아, 젠장!

"웬일?"

"너 레즈비언이야?"

줄리아가 물었다.

나는 급히 숨을 들이마셨다. 심장이 너무 빨리 뛰어서 가슴에 손을 얹었지만, 계속 쿵쿵 뛰었다.

타이, 이 자식이.

타이와 친구들이 운동장에 둘러앉은 모습이 눈에 선하다. 타이가 한 친구에게 얘기하고, 그 애는 또 다른 친구에게 얘기하고, 그렇게 곧 모두가 알게 되었겠지. 그럴 줄 알았다. 내가 왜 걔한테 말을 한 거지?

주목받고 싶어서. 알렉스가 말한다. 너는 달라. 네가 다르다는 걸 타이가 알아주기를 바란 거야. 탄광의 카나리아와 같아. 남들과 다르건 말건 개의치 않고 그 애가 너를 좋아해 주면, 다른 점이 있어도 모두들 너를 사랑해 줄지 모른다는 거지. 네가 소중하게 여기는 친구들이 말이야.

아미나. 그 애만은 안 그럴 거야. 걔는 모든 게 흑백이야. 얼그레이 백작과 그레이 백작 부인도 구별하지 않을 애야. 걔 머리는 그런 식으로 돌아가지 않아.

아미나는 우리가 상관할 일이 아니라고 말했을 것이다. 줄리아는 "내가 물어봐야지." 했을 테고. 모두가 말리는데도 전화기를 꺼내 들었을 거야. 시에라 손이 닿지 않는 거리에서 전화를 걸었겠지. 시에라는 웃으면서 줄리아의 팔을 할퀴었을 테고. 아미나는 당황스러워하며 다른 데를 쳐다봤겠지.

"뭐래, 맞대?"

시에라가 뒤에서 말하는 소리가 들렸다.

맞은편에서 알렉스가 나를 향해 고개를 끄덕였다. 그렇다고 하는 게 정직해 보일 거야. 알렉스가 주장했다. 내가 여자를 좋아한다는 건 진실이니까.

"그래, 맞아."

내가 말했다.

"그게 문제야?"

나, 레즈비언이야.

잠시 아무 말이 없다.

"아니, 문제없어."

줄리아가 말했다.

줄리아가 전화를 끊은 뒤, 나는 눈을 감고 앉아서 심장 박동이 정상으로 돌아오기를 기다렸다. 아직도 땀이 난다. 에스프레소 더블샷 석 잔을 연속으로 마신 기분이다.

줄리아를 잃었다. 그 애는 상관없다고 말했지만 상관있을 것이다. 다른 애들은 모르겠지만 줄리아에게는 엄청나게 상관있을 일이다. 그 애는 뭐든 성당에서 배운 대로 하니까.

우이씨, 몸이 왜 이러지?

불안 장애가 일어난 거야. 알렉스가 말한다.

아, 그렇지. 전에도 이런 적 있어. 나는 심호흡을 했다. 코로 숨을 들이마시고 입으로 내쉬었다. 한참 후 심장 박동과 체온이 제대로 돌아온 뒤에 타이에게 문자를 보냈다.

[이 멍청아.]

번개처럼 답문자가 왔다.

[그래서 뭐? 그래도 너는 록스타야.]

웃음이 났다. 핑크의 노래 가사였다. 봤지? 타이는 상관 안 해. 우린 친구가 될 수 있어. 우리는 이미 친구야. 걔는 날 이해해. 답장을 보내야 할까?

알렉스가 고개를 흔든다. 슬퍼 보이는 얼굴이다.

왜?

타이는 네 친구가 아니니까. 비밀을 지켜 달라고 했는데, 심지어 아주 큰 비밀인데도, 약속을 지키지 않았잖아. 친구는 그러지 않아.

그렇지만 걔가 약속을 지키지 않을 걸 나는 알고 있었어.

그건 중요하지 않아. 걔는 널 실망시켰어.

나는 잠시 생각했다. 그러지 않은 사람이 있었던가? 결국엔 모두가 날 실망시킨다.

22

집에 왔지만 엄마, 아빠랑 함께 있고 싶지 않다. 아직 그 이야기를 나눌 준비가 되지 않았다. 나는 곧장 내 방으로 가서, 타이가 보낸 문자를 보고 생각난 핑크의 노래를 틀었다. 노래를 들으면서 침대에 앉아 윗옷 주머니 둘레에 카징커로 반짝이를 붙였다. 아미나에게 문자를 보낼까 생각했다. 그냥 우리가 아직 친구인지 확인해 보고 싶었다.

새 메시지 쓰기를 백만 번쯤 눌렀지만 그 다음에는 손이 얼어버렸다.

뭐라고 보낼 거야? 알렉스가 묻는다.

혹시라도 오해를 부를지 모르는 건 안 돼.

엄마가 저녁 준비가 되었다며 5분 간격으로 문을 두드린다. 나는 배고프지 않다고 이미 대답했다. 참다못해 내가 문을 벌컥 열었더니 엄마가 움찔하고 한 걸음 뒤로 물러났다. 엄마는 메이플 시럽과 가루 설탕을 끼얹은 프렌치 토스트를 들고 있었다.

엄마는 접시를 옆으로 치우고 이상하다는 듯 나를 보았다. 멀찌감치 물러서야 하는 희한한 것인 양. 가까이에서 보니 생각보다 약간 크네, 하듯이. 동물원 우리 안의 동물처럼 위험할지도 모른다는 태도다.

핑크는 누가 뭐라건 나만의 록을 할 테고 넌 필요 없다며 어깨 너머 엄마를 향해 소리를 질러 댔다.

"배 안 고프다니까요."

"조금이라도 먹어 보지 그러니?"

엄마가 접시를 건네면서 말했지만, 나는 받고 싶지 않았다.

"괜찮아요."

"가져가. 안 그러면 떨어뜨린다."

엄마가 접시를 든 팔을 쭉 뻗으며 말했다.

"엄마."

나는 이야기를 시작하려 했다.

"얼른. 그냥 놓는다."

접시가 잠시 허공에서 흔들리더니 엄마가 접시를 놓았다. 마치 슬로우 모션 같았다. 접시는 공중에서 뒤집어져 거꾸로 카펫에 처박혔다.

"자, 네가 뭔 짓을 했는지 봐!"

엄마는 화가 나 찢어지는 목소리로 말했다.

내가 먹기 싫다고 했잖아요. 마음속으로 이런 생각이 지나갔다. 하지만 무슨 소용이람? 대신 나는 문을 닫았다.

엄마가 문을 쾅쾅 두드렸다.

"너 또 나한테 상처를 줬어!"

엄마가 새된 소리를 질렀다.

"알렉스! 널 주려고 저녁을 특별히 준비했는데, 이렇게 엄마를 속상하게 하다니! 이제 이건 네가 치워, 아……"

아들이라 하려다 말고 엄마는 잠시 말을 멈췄다.

"암튼 네가 치워!"

음악 소리를 더 크게 했다. 그리고 따라 불렀다.

"들어 봐. 나는 더 재미난 일을 하고 있어. 우리는 끝났으니 너한테 보여 줄게."

벨트를 꺼내 가장자리에 은색 징을 박으면서 알렉스에게 말했다. 난 핑크를 심히 **애정해**. 왠지 알아? 내가 핑크를 잘 아는 것 같은 느낌이야. 자주 만난 사이 같지 않아? 핑크는 솔직히 다 까발리고 남들이 어떻게 생각할지는 신경도 쓰지 않아.

알렉스는 손으로 머리를 감싸고 있다.

뭐? 알렉스가 말한다.

몰라. 내가 말했다. 가끔 나는 아무것도 제어하지 못하는 기분이 들어. 뭔지 알겠지? 줄리아의 경우처럼 말이야. 왜 내가 신경을 쓰는지 모르겠어. 우리가 그렇게 가까운 사이는 아니지만, 그 애가 나를 좋아해 주기를 바란 거야. 훌리아라고 부르면서 하이파이브를 하는 것도 좋고 서로 공중에 키스를 날리는 것도 재밌어. 내가 어딘가에 속해 있는 느낌을 주거든.

드디어 엄마가 가버렸다. 나는 문을 빼꼼 열었다. 뒤집어진 접시는 카펫 위에 그대로 있다.

우리가 치워? 내가 물었다.

알렉스는 어깨를 으쓱한다. 내일 학교에 가면 무슨 일이 일어날지를 더 걱정한다. 애들은 전혀 개의치 않을지도 모르는데.

다시 새 메시지 쓰기를 눌러서 **[안녕]** 이라고 쓴 다음, 마음이 바뀌기 전에 재빨리 전송을 눌렀다.

전화기를 십 분 동안 들여다보았다. 그래, 솔직히 2분. 그렇지만 10분처럼 느껴졌다.

아무것도 오지 않았다.

바보짓이었어. 알렉스가 내게 말한다. 그 애가 너랑 이야기하고 싶어 하지 않는다는 것을 아는 게 더 나쁘지 않아?

진짜로 20분이 지났는데도 아미나에게서는 답이 없었다.

상한 핫도그를 먹었을 때처럼 뱃속이 울렁거린다. 우리는, 알렉스와 나는 정말로 혼자가 되었기 때문이다. 적어도 아미나는 계속 나와 어울려 줄 거라는 환상이 있었는데.

카징커로 장식한 옷옷을 가슴에 대 보았다.

알렉스가 흥흥 비웃었다. 너무 후져. 다섯 살짜리 옷처럼 됐잖아.

그 말이 맞을지도 모른다. 다섯 살짜리 옷이 어떤지 알기는 해? 내가 낄낄대며 말했다. 눈을 확 사로잡은 싸구려 때문에 옷을 다 망쳤어!

알렉스가 눈길을 돌렸다. 우는 제 모습이 창피해서였다.

23

가장 좋은 방법은 학교에 일찍 가는 거라는 데 우리의 의견이 일치했다. 그러면 전부 노출된 상황 속으로 걸어가는 대신, 벽에 등을 대고 앉을 수 있을 것이다.

금속 코가 달린 부츠를 신고 저벅저벅 걸어서 학교로 간다. 주먹을 꼭 쥔 채로. 누가 욕을 하면 얼굴을 갈겨야지.

팔이 무지 가렵다. 소매를 올려 보니 빨간 반점이 있다.

도착하니 시에라가 텅 빈 교정에 혼자 앉아 있었다. 시에라는 내가 다가오는 것을 보고도 얼굴에 아무 표정이 없다.

"너 항상 이렇게 일찍 오니?"

"우리 엄마 땜에."

맞다, 시에라는 행정실 선생님이랑 같이 등교하지.

그 애가 앉은 벤치에 나란히 앉아서 가방을 발 사이에 내려놓았다. 둘 다 잠시 말이 없었는데, 내가 그 말을 해야 할 것만 같았다.

"어…… 그러니까, 너는 내가…… '동성애자'라는 것이 불편하니?"

"뭐? 아니야!"

시에라가 얼굴을 붉히며 말했다.

"전혀 그렇지 않아! 그런 것만 아니면……"

그러더니 킥킥거렸다.

"뭐가 아니면?"

나는 눈썹을 치켜세웠다.

"걱정하지 마. 그냥 놀린 거야."

그 애가 내 쪽으로 손을 내저었다.

"신경 쓰지 마."

"무슨 말을 하려고 했어?"

네가 나를 좋아하는 것만 아니면. 그 말을 하려던 것이다.

"사실 나는 네가 아주 귀엽다고 생각해."

알렉스가 말한다. 그러고는 아주 오래 시에라의 눈을 쳐다보았다.

대체 뭐 하는 거야? 내가 알렉스에게 물었다.

이러면 애 기분이 좋지 않겠어? 누군가 자기한테 제법 반했다고 생각하면? 재 이름이 산이잖아, 산. 아이고, 세상에! 나는 그 애를 쳐다보았다. 알렉스 말이 맞았다. 쑥스러워하면서도 기분이 좋아 보였다.

진하게 키스할 수도 있어. 얘도 못생기진 않았잖아. 알렉스가 말한다.

나는 시에라에게 그러고 싶지 않다. 우리 지금 이런 걸로 입씨름 할 때가 아니야.

"약간 징그럽긴 해."

코를 살짝 찡그리면서 시에라가 솔직히 말했다.

"기분 나쁘게 하려는 건 아니야. 끌리니까 좋아하는 거겠지."

나는 고개를 끄덕였다. 알렉스는 그 애를 훑듯이 쳐다보면서 말했다.

"어떤 부분이 징그러워?"

그만! 알렉스에게 경고했다.

왜? 말해 보라고 해. 알렉스가 씩 웃었다.

그런 말 하게 만들지 마. 너 대체 왜 그래?

"괜찮아. 내가 음…… 그러지는 않을 거니까."

나는 한숨을 쉬었다.

"그러니까, 음, 그건 네가 남자한테 끌리는 것하고 같아. 그치만 네가 **모든** 남자애들한테 끌리는 건 아니잖아?"

시에라가 눈을 가늘게 떴다.

그렇게 말하면 안 되지. 네가 별로 매력적이지 않다는 말이 되어 버렸잖아. 이제 얘는 나한테 화났어. 그냥 뒀어야지. 알렉스가 말한다.

너는 애를 불편하게 했어. 내가 알렉스에게 말했다.

달아오르게 했지.

우리는 시에라가 달아오르게 하려는 게 아니야.

왜 안 돼?

이번에는 내 무릎으로 걔 무릎을 툭 쳤다.

"뭐 하는 짓이야?"

시에라가 물었다.

몸을 기대 그 애 뒤의 벽에 팔을 짚으니 꼼짝없이 가둔 꼴이 되었다. 나는 앞으로 몸을 숙여 그 애의 귓불을 핥았다.

"뭐야, 알렉스?"

시에라가 나를 밀쳤다. 그 애 팔에 돋은 소름이 보였다.

나는 하하 웃고는 일어서서 몸을 쭉 뻗었다. 텅 빈 운동장을 가로지르며 옆으로 재주넘기를 연속 세 번 했다.

예상치 못한 일이다. 어떤 기분이냐면, 보트로 급류타기를 하는 것과 비슷하다. 딱 맞는 순간에 정확히 노를 젓지 않으면 바위에 처박히고 말 것이다.

24

www.motherhoodshared.com

약효가 나타날 만큼 알렉스가 식사를 충분히, 규칙적으로 하지 않아요. 그래서 아이가 처음 학교에 가던 때 쓰던 작전으로 돌아갔지요. 애가 자고 있을 때, 테스토스테론 로션을 피부에 발라 줬어요.

빅 님이 말한 것도 생각해 보고 있어요. 어떤 차원에서는 그 말에 저도 동의해요. 알렉스는 스스로 결정할 수 있는 나이지만, 이건 좀 달라요. 그 애는 우선 안정감 있는 사람이 되어야 해요.

지금, 약을 먹지 않는 동안에는 그 애가 옳은 선택을 할 수가 없어요. 그건 술 취한 사람한테 노령 연금에 대해 생각해 보라고 하는 것과 같아요. 장기적인 것에는 관심이 없고 명료한 사고도 못하잖아요. 실생활에서 정말 중요하고, 지금의 선택이 평생을 결정할

지도 모르는 일인데. 술 취한 사람에게 당장 집중해서 판단을 내리라고 해서는 안 되는 거죠.

알렉스가 딱 그래요. 알코올이 아니라 호르몬 때문이라는 점은 다르지만요. 우리는 먼저 아이를 안정시켜야 그 다음에 적절한 대화를 할 수 있다고 봐요. 기본적으로는 아이가 정신을 차리게 하려는 거죠. 이 표현이 더 맘에 드신다면요.

저는 진심으로 알렉스에게 최선인 방법을 취하고 있어요.

아이가 어렸을 때 일어난 일에 대해 이야기할까 해요. 네 살 때였어요. 우리는 수많은 전문가들을 찾아다녔죠. 모두 아이의 그 부분을 보고 싶어 했는데, 대개는 그런 것을 조심스러워하고 신경 써주더군요. 그런데 한 의사는 정말 개X끼였어요. 예약을 하고 갔는데, 의사가 의대생 다섯 명을 들어오게 하고는 이런 드문 케이스를 보게 되었으니 영광인 줄 알라면서 자기네들끼리 한참 얘기하지 뭐예요. 그중에 한 명은 카메라까지 들고 왔더라고요.

그 전문가는 알렉스를 침대 위에 세우고 안드로겐 불감성이니 염색체 핵형 분석이니 골드버그 맥스웰 신드롬이니 온갖 의학 용어들을 쓰기 시작했어요. 그중에 어떤 말은 저도 알고 있었지만, 저한테 얘기하는 건 아니었죠.

어쨌건 잠시 후에 알렉스더러 일어서라고 하더니 아이의 바지를 내렸어요. 알렉스는 아주 겁을 먹은 것 같았어요. 그래서 제가 안 된다고 했죠.

의사는 한숨을 쉬고 어이없다는 듯 눈알을 굴리더니, 네 살짜리한테 이야기하듯이 저한테 얘기하더군요. 이런 케이스는 아주 드물기 때문에 학생들에게 볼 기회를 주는 것은 중요하다면서 제가 히스테리를 부린다고 했어요. 방에 있는 사람들이 모두 알렉스의 국수를 구경하고 싶어 하니까 의사가 나를 협박한 거죠. 의학적 이유에서건 뭐건, 구경은 구경이잖아요.

그 순간 이후로는 아이에게 그것을 아무한테도 보여 주지 말라고 했어요. 아무한테도. 부모인 우리한테도요. 아무도 그 아이의 프라이버시를 침해할 권리는 없어요. 저는 그 원칙을 지켜온 것이 자랑스러워요. 그때부터는 그것 때문에 병원에 가더라도 아무한테도 은밀한 부분을 보여 주지 않았어요.

헤더

댓글

셰릴 : 있잖아요. 아이들이란 게 본래 어른이 시키는 대로 하지 않긴 하지만, 님의 아이는 보통 아이들보다 훨씬 더 까다로운 것 같네요. 하지만 근본적으로 부모와 자식 간에 사랑이 있으면 잘못 될 리가 없어요.

디디 : 셰릴 님의 말이 맞아요. 언제나 힘든 날들은 있기 마련이고 힘든 결정을 해야 할 때도 있어요. 부모 노릇을 한다는 건 계속 결딴력을 시험당하는 일이죠. 당신은 아이를 사랑하고 아이에게 최선이기를 바라는 게 확실하네요. 그런 상황에 있는 게 어떤지 저는 잘 모르지만요.

빅 : 결단력.

고저스 : 아이구, 빅, 당신은 왜 그렇게 못대게 굴어요?

빅 : 못되게.

25

드레스 리허설 후에 리엔이 나더러 좀 남아 달라고 했다.

"홍보 자료로 네 사진을 두어 장 찍고 싶어서."

리엔은 옷걸이에 걸린 옷들을 뒤적뒤적하더니 반짝거리는 금색 스커트와 린넨 셔츠를 건넸다. 이야기를 나누면서 남성용 스카프며 낙타색 망토 같은 것도 둘러 주었다. 내 취향은 아니지만 극성 엄마들은 아주 좋아할 것 같았다.

"이 사진들에 대해서는 부티크가 모델료를 지불할 거야. 포스터를 만들 텐데, 광고판에도 사진을 쓸지 몰라. 그래도 괜찮겠니?"

"그런 것 같아요."

"너도 알겠지만, 이건 지방시야."

나는 옷을 내려다보았다.

"원단이 좋네요."

내 말에 리엔이 뜨악한 눈길로 쳐다보았다. 나도 내가 무식하다는 건 안다. 옷을 좋아하지만 브랜드에는 별로 관심이 없다.

사진작가가 테두리 장식이 달린 작은 무대 벽에 자주색 천을 늘어뜨리고 있었다.

"얼마나 걸릴까요?"

금발 붙임머리를 손가락으로 쓰다듬고 있는 미용사에게 리엔이 물었다.

"완벽하게 할 필요는 없으니까, 메이크업을 하는 동안 할 수 있어요."

헤어 디자이너가 답했다.

사람들이 나를 둘러싼다. 헤어 디자이너가 내 머리를 잡아당기고, 빗이 내 두피를 가로로 가르며 미끄러진다.

"땋은 붙임머리라는 거 아니?"

헤어 디자이너가 내게 물었다.

"아, 예. 그럼요."

말은 이렇게 했지만, 뻥이었다.

메이크업 아티스트는 내 얼굴에 파운데이션을 콕콕 찍기 시작했다.

"이런 건 미리 바르고 와서 사진 찍을 준비가 되어 있어야지."

메이크업 아티스트가 내게 말했다.

"오늘 사진 찍게 될 줄 몰랐어요."

"너처럼 생긴 여자애들은 언제나 사진 찍을 준비가 되어 있어야 해."

헤어 디자이너가 덧붙였다.

"파운데이션은 이마 끝부터 데콜레타주[13]까지 발라야 해."

메이크업 아티스트가 말을 이어 갔다.

데콜 뭐? 알렉스가 묻는다.

"입술은 약간 붉게 하고 중간 색감의 글로스를 바를 거야. 색깔에 맞춰서 눈은 스모키하게 할 텐데, 너는 검은 계열보다 회색이나 갈색 계열을 써야겠다."

"네, 알았어요."

"싸 보이거나 화난 사람처럼 보이고 싶지 않으면 말이야."

리엔이 내 발 앞으로 구두를 밀어 주었다.

"얘는 발이 엄청 크네."

리엔이 말했다.

"몇 신어, 9 아님 10?"

내 신발 사이즈가 여자 사이즈로는 얼마인지 모른다. 그렇지만 구두가 잘 맞았기 때문에 대답할 필요가 없었다.

사진작가는 모니터를 설치하고 있었다.

"눈 감아."

메이크업 아티스트가 지시했다.

나는 눈을 감고 앉아서 사람들이 주위에서 움직이는 소리를 듣는다. 누군가가 내 팔에 팔찌를 채워 준다. 모두가 내 얼굴, 내 머리를 만지고 있다. 사람들이 아주 가까이 있어서 숨결이 느껴질 정도인데, 커다란 인형이 된 것 같기도 하고 특별한 사람이 된 것 같기도 하다.

"귀를 안 뚫었네."

누군가가 웅얼거렸다.

일이 다 끝나자 사람들이 나를 무대에 기대 세웠다. 내가 어떤 모습을 하고 있는지 짐작도 가지 않는다. 붙임머리 때문에 머리가 무겁고 당기는 느낌이다. 얼굴도 당기고 무거웠다. 사진작가 사이먼이 내게 지시하기 시작했다.

"무릎을 이렇게 돌려 봐."

"발레리나처럼 손을 유연하게."

"목을 길게."

"턱을 옷 속에 넣어."

"비밀이 있다는 듯이 미소를 지어 봐."

그다지 어렵지 않았다.

그는 리엔 쪽으로 몸을 돌리고 이렇게 말했다.

"얘 표정이 아주 맘에 들어. 아주 남성적이야, 정말로. 눈길을 확 끄는걸. 남자 옷을 입은 것도 보고 싶어."

그는 렌즈를 바꾸기 위해 장비가 있는 곳으로 갔다.

"자! 여기 중절모가 있어!"

사이먼이 소리쳤다.

"찰리 채플린을 제대로 해볼 수 있겠는데. 기발하고 재미있을 거야."

"좋아!"

리엔이 손뼉을 짝 쳤다.

"그럼 나한테도 생각이 있지!"

리엔은 옷걸이를 휙휙 넘기더니 가는 세로줄 무늬의 와이드 팬츠를 찾아냈다. 헤어 디자이너는 멜빵을 찾아왔다. 그리고 내 붙임머리를 뒤로 모아 한 갈래로 높이 묶었다.

모두 아주 흥분해 있었다.

사이먼이 내 머리에 모자를 씌웠다. 모자가 눈을 덮어서 모두들 웃음을 터뜨렸다.

그가 이제 사진을 찍자고 하는데, 메이크업 아티스트가 소리쳤다.

"잠깐!"

내 코 밑에 눈썹연필로 작은 수염을 그려 넣었다.

나는 인사하듯이 모자를 앞으로 내밀기도 하고 엄지손가락으로 멜빵을 당기며 입술을 내밀기도 했다.

모두 좋아서 야단이었다.

리엔이 카메라의 작은 화면으로 사진들을 훑어보았다.

"멋진 작품인걸. 내가 얼굴 사진 몇 장 가질 수 있을까? 어디 좀 보내려고."

"그럼. 오늘 밤에 이메일로 보내 줄게."

"너는 슈퍼스타가 될 거야."

리엔이 내 볼을 꼬집으며 말했다.

그 다음 모두 짐을 쌌다. 아무도 나를 쳐다보지 않았다. 다들 다음에 할 일을 이야기하거나 가십을 가지고 수다를 떠느라 바빴다. 나는 옷걸이 뒤로 가 내 옷으로 갈아입었다.

거기에 거울이 있었다. 드디어 어깨 위로 긴 머리를 늘어뜨린 내 모습을 보았다. 머리를 옆으로 돌려 본다. 메이크업 아티스트가 파운데이션을 바르면서 음영을 만들었다. 얼굴은 갈색 피부로 변해 있다. 눈 주위와 광대뼈 부분은 좀 더 밝은 색이지만, 전체적으로는 거의 올리브색에 가깝다. 볼에는 핑크 블러셔를, 눈가에는 엄청 짙은 아이섀도를 발라 놓았다. 가짜 속눈썹을 붙이고 아래쪽 속눈썹은 진하게 칠해 검은 눈물자국까지 그려 놓았다. 치타처럼.

티슈에 침을 묻혀서 콧수염을 지웠다.

좀 낫다. 플라스틱 바비 인형 같다. 크리니크 언니처럼 반들반들 보드랍게 보이기도 한다.

모델 같았다.

그렇게 화장을 하니 내 진짜 얼굴이 보이지 않아서 마음에 든다. 사람들이 내 얼굴은 볼 수 있지만, 나는 전혀 볼 수 없다. 사람들은 자기가 보고 싶은 것만 볼 것이다.

리엔이 내가 있는 구석을 기웃거렸다.

"누가 널 데리러 오기로 되어 있니?"

리엔이 물었다.

“저 버스 타고 갈 거예요.”

“내가 태워 줄까?”

“괜찮아요. 몇 블록밖에 안 돼요.”

리엔이 잠시 생각했다.

“버스 정류장까지 태워 줄게.”

그리고 돈 뭉치를 건넸다.

“잘 간수해. 양말에 넣어 둬.”

리엔의 차는 아우디 소프트탑이었다. 뒷다리에 짝짝 달라붙는 가죽 시트가 씌워져 있었다.

우리는 큰길로 나갔다.

“이 사진들로 오늘부터 네 포트폴리오를 만들 수 있어. 네가 포트폴리오 만드는 데 관심이 있다면 말이야.”

어마마마께서 어지간히 좋아하시겠군. 알렉스가 말한다.

“모르겠어요. 그런 건 생각해 보질 않아서요.”

“생각해 봐야 할 거야. 넌 큰돈을 벌 수 있어. 네 나이 때 내가 그랬거든. 나는 차를 몰 나이가 되기도 전에 차를 샀지. 그러면 시작이 유리하잖아. 사이먼이 공짜로 이 사진들을 줄 거야.”

“아, 네.”

“그런 사진은 보통 되게 비싸.”

리엔이 설명했다.

내가 진심으로 감사해야 한다는 표정이었다. 그래서 이렇게 말했다.

"우와, 그거 정말 멋져요."

버스 정류장에 멈춰서 리엔이 주차를 했다.

"네가 버스 탈 때까지 여기 있을게."

리엔이 나를 보며 말했다.

"내가 네 일거리를 알아봐 줄 수 있어. 네가 원한다면 말이야. 사람들은 직업윤리가 확실한 여자애들을 늘 찾고 있거든. 너는 표정이 아주 다양해. 내가 일거리를 구해 주게 되면 합법적인 일만 가져올 거야. 이상한 일들은 절대 안 맡을 거고. 이 분야에서 널 위해 알아봐 줄 사람이 필요해. 부모님하고는 사이가 어때?"

"음…… 괜찮은 편이에요. 썩 좋지는 않지만요."

내가 중얼거렸다.

리엔이 눈을 가늘게 뜨고 말했다.

"네 은행 계좌를 따로 만들어. 돈을 많이 벌게 될 거야. 쉽게 번 돈처럼 보이겠지만 그렇지 않아. 부모님이 너 대신 쓰도록 하지 마. 관계가 아주 좋다고 해도 큰돈은 가족을 파탄 내기도 하니까. 내가 직설적으로 얘기하는 거야. 해봐서 알거든."

"고맙습니다."

내가 말했다.

"그리고 태워 주셔서 고마워요. 정말 친절하셔요."

리엔이 내 전화번호를 물어서 알려 주었다.

나는 정류장 모퉁이를 돌아서 돈을 세어 보았다. 슬쩍 돌아보니 리엔이 아직도 거기에 있었다. 나는 손을 흔들었다. 그녀도 손을 흔들어 주었다.

리엔이 준 돈은 천 달러였다.

로오오오옥사아안!

26

금요일 오후여서 버스가 붐볐다. 옆자리 아줌마는 앵그리버드 게임을 하고 있었다.

버스가 비틀거리며 모퉁이를 돌았다. 예상한 길이 아니잖아. 이 길로는 가고 싶지 않은데. 이 길로 가면 전에 다니던 학교와 너무 많이 가까워진다. 나는 손톱을 깨물기 시작했다.

버스가 멈추고 앵그리버드 아줌마가 일어섰다. 조이 학교 교복을 입은 남자애가 버스를 기다리고 있었다. 나보다 학년이 높은 학생이다. 이름은 트레버. 그는 아줌마가 내리도록 뒤로 물러서 있다가 계단을 뛰어올랐다. 다른 빈자리도 있다. 내 옆에 앉지 않기를 빌면서 창밖을 쳐다보는데, 그가 기어이 내 옆에 앉는다. 나는 창턱에 팔꿈치를 얹고 두 손으로 턱을 감쌌다. 어색하다.

그가 나를 보고 있다. 그의 눈길이 내 뺨을 꿰뚫는 느낌이다. 결국 나는 돌아볼 수밖에 없었다.

나는 살짝 미소를 지어 보이고 다시 창밖을 보았다.

"아는 얼굴인데."

그가 말했다.

"아닌 것 같은데."

내가 말했다.

"어디서 봤는지 기억해 내는 중이야. 우리 초등학교 같이 다녔나? 이름이 뭐야?"

"모르는 사이야."

내가 재빨리 말했다.

그가 고개를 흔들었다.

"아니야, 아주 낯이 익어. 그렇게 화장한 것도 많이 본 것 같단 말씀이야."

"나 모델이야."

내가 말했다.

"아마 광고판에서 봤을 거야."

그러면 얘가 관심을 덜 보일 거라고 봐? 알렉스가 말한다.

"정말? 무슨 광고?"

눈을 크게 뜨고 트레버가 물었다.

나는 어깨를 으쓱했다.

"아, 두어 개 있어."

"어떤 거?"

"어디 보자. 최근에 한 건 보험 회사 하나, 핸드백 하나. 여성지 안 보지?"

"돈 되게 많이 벌겠구나."

하하 웃으며 그가 말했다.

"내가 벌어서 차도 한 대 샀어."

나는 자랑했다.

"아직 운전할 나이도 안 됐지만."

"무슨 차 샀어?"

나는 그의 머리 너머를 흘낏 보았다.

"아우디. 소프트탑 알지? 은색."

"끝내준다! 얼마 주고 샀어?"

나는 수수께끼 같은 미소를 지었다. 그런 차가 얼마나 하는지 알 턱이 있나. 아무 숫자나 골랐다.

"오만 달러."

"되게 싼 거 아니야?"

"응, 그렇지. 내가 아는 사람이 좀 많아."

나는 유쾌하게 말했다.

버스 속도가 느려지고 있었다.

"나 여기서 내려."

그가 아쉬워하며 말했다.

"근데 전화로 못 다 한 얘기 하는 게 어때. 네 차도 정말 보고 싶은데."

"일이랑 여러 가지로 내가 좀 바빠."

그는 어깨에 가방을 둘러맸다.

"그럼 광고판에서 보게 될 것 같네."

버스가 요양원 앞에 멈추자 트레버가 계단을 뛰어 내려갔다.

요양원 앞에 키 작은 할아버지가 보인다. 휠체어 같은 것을 타고 골목길에 있다. 자리에 앉은 채 양발을 굴러서 빠른 속도로 나아가는데, 계속 어깨 너머를 쳐다본다. 얼굴을 뒤틀 듯이 찡그리고 있다. 할아버지는 도망을 치고 있다.

파란 유니폼을 입은 간호사가 대문에서 달려 나온다. 간호사는 미끄러지듯 버스 정류장으로 오더니 만화 캐릭터처럼 좌우를 번갈아 쳐다본다. 할아버지를 뚫어지게 바라본 다음, 쫓아가기 시작한다. 할아버지도 간호사를 발견하고는 스피드광처럼 다리를 휘저으며 달려간다. 달려, 달려.

달려요, 조그만 할아버지! 와! 와! 알렉스가 소리를 질러 댄다. 길 반대쪽에 사람들이 서서 구경을 하고 있었다.

나는 미소를 지은 채 작은 할아버지를 보고 있었다. 내가 앉은 창문 바로 너머로 트레버가 나를 쳐다보는 줄은 몰랐다. 그때 그가 나를 알아보았다. 얼굴이 붉으락푸르락했다.

나를 손가락으로 가리켰다.

"재는…… 저 자식은……"

너무 화가 나서 말이 안 나오는 모양이었다. 트레버는 떠나는 버스의 옆구리를 치기 시작했다.

"호모!"

그가 소리쳤다. 버스를 따라 성큼성큼 뛰기까지 했다.

"야! 호모 새끼!!!"

27

집 소파에 누워 티브이를 본다.

오늘 오후 같은 일은 별 문제가 되지 않겠지? 평소 하던 대로 전철을 타기만 하면 트레버를 다시 만날 일은 없을 거야. 예전 학교 아이들 모두 이제 나를 호모라고 생각하겠지만, 그전부터 그렇게 생각했는데, 뭘. 무슨 차이가 있어? 그렇지? 근데 왜 기분이 엿 같지? 왜 이렇게 초조한 거야? 왜 이렇게 쭈그러든 기분이지?

엄마가 와서 소파 끝에 앉았다. 내 다리를 들어 엄마 무릎에 얹더니 발바닥을 쓰다듬었다.

"오늘 크로켓이라는 사람이 전화했더라."

엄마가 내 몸을 쓰다듬는 건 별로다. 엄마 손가락은 섬뜩한 느낌을 준다. 손가락이 피부 위로 거미처럼 움직인다. 나는 떨쳐 내고 싶은 마음을 꾹 참았다. 엄마는 애정 표현을 과도하게 원하는 사람이니까. 엄마는 항상 만져 주기를 바라는 강아지 같다. 나는 무릎을 끌어당겨 턱밑에 갖다 댄다. 엄마는 내 종아리에 손을 얹는다.

떨어져! 떨어져! 떨어져!

"무슨 일 있어?"

"그냥 피곤해서."

"내가 해줄 일은 없니?"

여쭤 봐, 알렉스가 몰아붙인다. 지금 여쭤 봐.

"크로켓 씨는……"

나는 말문을 열었다.

"변호사야. 내가 변호사를 만나러 간 이유는……"

엄마가 얼어붙었다. 숨을 멈추고 있었다.

"출생증명서가 필요해서야."

엄마는 뭔가 나쁜 것을 맛보았을 때처럼 입을 벌렸다.

"여성으로 표시된 증명서 말이야."

나는 말을 끝맺었다.

엄마는 손을 움츠리더니 주먹을 쥐었다.

"그냥 흘러가게 두면 안 되는 거니?"

나는 양손으로 무릎을 감싸고 티브이를 뚫어져라 보았다. 이럴 때 엄마가 어떻게 하는지 잘 알지? 심호흡을 하고 침착하게 대응해.

"안 돼, 엄마. 그냥 흘러가게 하지 않을 거야. 이건 내가 누구인가 하는 문제야. 엄마는 왜 내가 다른 사람이 되는 데 그렇게 집착해?"

"근데 넌 항상 이렇게 느낀 거니?"

엄마가 물었다. 눈물이 솟고 있었다. 떨리는 목소리는 하품을 참고 있는 것처럼 이상했다. 하지만 진정으로 내가 어떻게 느끼는지 얘기해 달라고 하는 건지도 모른다. 잠시 동안은 엄마가 자기 문제로만 받아들이지 않을 수도 있으려나.

나는 손으로 얼굴을 감쌌다.

"가끔은 나도 내가 뭔지 모르겠어. 하지만 내가 외면적으로 되고 싶고 사람들이 봐 주었으면 하는 건, 여자야. 나는 여자처럼 생긴 남자아이보다는 강하게 생긴 여자아이에 더 가까워."

이제 엄마가 흑흑 흐느끼기 시작했다.

"애들이 놀리니? 몸집이 작다고? 아님 여자 같다고? 그래서 예전 학교를 떠난 거야?"

나는 똑바로 앉았다.

"물론 애들이 그랬지! 나는 괴물이야, 엄마."

"어떻게 그런 말을 하니! 미스 선샤인……"

엄마가 쉬잇, 하며 말했다.

저건 처음 듣는 말인데. 알렉스가 지적했다.

"넌 괴물이 아니야. 다른 거야. 특별하지."

알렉스가 얼굴을 찌푸린다.

"톡뵤라지."

엄마가 앞으로 휘청했다.

"어떻게 그런 말을!"

이제 엄마가 나를 치겠구나 생각했지만, 그러지는 않았다. 눈물 한 방울이 뺨을 타고 흘렀다.

"우리가 너한테 물어봤어야 하는데. 기다렸다가 물어봤어야 했어."

엄마가 머리를 흔든다.

"이제는 아주 단순해 보이네. 나는 나쁜 엄마야. 끔찍한 엄마. 우리가 왜 그냥 너한테 **물어보지** 않았을까?"

목소리가 점점 높아지고 끽끽거린다. 엄마는 소매로 얼굴을 닦는다.

"이런 일이 일어날 거라고 왜 아무도 우리한테 얘기해 주지 않았지? 아무도 말이야. 선택할 수 있는 것 중 하나라고 얘기한 사람이 전혀 없었어. 애써 추측만 하면서 여태 시간을 보냈어."

도대체 뭔 소리를 하시는 게야? 알렉스가 묻는다.

전혀 모르겠어. 나는 소파에서 일어나 계단으로 갔다.

"왜 너는 **항상** 엄마한테서 달아나니? 왜 이렇게 괴롭게 하느냐고!"

엄마가 울부짖는다.

"알렉스? 지금 우리 얘기 중이잖아. 알렉스! 네가 그러면 엄마는 정말 **속상해**!"

나는 몸을 돌려서 계단을 다시 내려갔다. 엄마 손을 잡고 컴퓨터가 있는 구석으로 갔다. 유튜브에서 페이지를 찾아내어 재생 버튼을 클릭했다. 그 다음, 계단을 다시 올라가 버렸다. 그 영상을 다시는 보고 싶지 않았기 때문이다. 2초 뒤에 엄마가 비명을 지르고 엉엉 우는 소리가 들렸다. 천식 발작을 일으킨 듯한 소리였다.

엄마는 계단을 달려 올라와서 내 방문을 쾅쾅 두드렸다. 책장의 책들이 달그락거릴 정도였다.

예전 학교에서 일어난 일에 대해 얘기하며 창피해서 죽을 지경이었다고 한 말이 기억나시는지? 음, 나는 사람들이 왜 약을 하는지 너무나 이해가 된다. 헤로인이나 코카인 같은 센 마약 말이다. 멀쩡히 정신 차리고 있는 것을 참을 수가 없어서, 말 그대로 차라리 정신이 나가 버렸으면 좋겠다고 하는 것도 이해한다. 사실 내가 마약을 하지 않는 이유는 정신줄을 놓는 것이 너무나 좋아서 멈추지 못할 게 뻔하기 때문이다.

게다가 어디 가야 살 수 있는지도 모른다.

나는 헤드폰을 쓰고 아주 빠른 클래핑을 연습했다. 클래핑이 아주 잘됐다.

28

크로켓 아저씨네 사무실에는 9시에 도착했다. 아저씨는 서류 더미 사이에 어찌나 깊이 파묻혀 있는지, 잠도 그 속에서 잔 게 아닌가 싶을 정도였다.

"아, 알렉스. 반갑다."

그가 서류더미 위로 고개를 내밀고 말했다.

"음, 그냥, 알아서 해."

펜으로 바닥에 깔 천이 놓여 있는 구석을 가리켰다. 그러고는 얼굴을 찌푸리며 다시 서류를 들여다보았다.

페인트 깡통이 몇 개 있고 납작한 상자에 롤러 하나, 붓 하나가 담겨 있다. 사다리는 벽에 기대어 있다. 나는 물건들을 방 가운데로 옮기기 시작했다. 그 다음, 물건들 위에 서류 더미를 쌓았다.

나는 머리를 한 갈래로 묶어 올렸다. 붙임머리는 아주 무거워서 엄청난 두통을 안겨 주었다. 여자가 된다는 것이 이렇게 고통스러운 일이라니.

우리는 아무 말도 하지 않는다. 이따금 종이 위에 펜이 긁히는 소리만 들린다. 장식체로 서명을 하는 소리다. 가끔은 아저씨가 컴퓨터 자판을 두드린다. 투덜거리는 소리를 내기도 하는데, 아저씨는 자기가 소리를 내는 줄도 모르는 것 같다.

바닥에 천을 깔고 나서 페인트 통을 땄다. 주황색이다. 모로코 분위기의 빛바랜 주황색이 아니라, 원뿔 모양의 교통 통제 표지물처럼 쨍하게 밝은 주황색이다.

고개를 들어 쳐다보았다. 크로켓 아저씨도 나를 보면서 펜 끄트머리를 깨물었다.

"네가 밝은 색이어야 한다고 말했잖아."

아저씨가 말했다.

"아니에요! 저는 다른 색이어야 한다고만 했죠."

"다르지 않니?"

그가 물었다.

"예, 제가 보기에는요."

내가 말했다.

"뭐 어때? 어서 칠하기나 해."

나는 다시 페인트를 내려다보았다. 저 아저씨, 취향이라고는 없구나.

"마르면 좀 어두운 색이 될 거예요."

"그럼 좋지."

다음 서류철에 코를 박고 그가 말했다.

나는 페인트 통과 붓을 들고 구석부터 칠하기 시작했다. 툭, 툭. 빳빳한 붓이 벽에 닿을 때 나는 소리에 마음이 편안해진다. 끈적하니 붓에 느껴지는 묵직함도 마음에 든다. 벽 가장자리의 돌림띠를 따라서 칠할 때는 극도로 조심하면서 했다. 시간을 충분히 들여서 깔끔하게 칠을 했다.

크로켓 아저씨가 라디오를 켰다.

아저씨는 페인트 붓이 마르지 않도록 비닐봉지로 싸야 한다고 알려 주었다. 그 다음에는 롤러로 칠을 하기 시작했다. 세 벽을 다 칠하고 나니 팔이 아팠지만 계속해 나갔다.

점심시간이 되자 크로켓 아저씨가 샌드위치를 사러 밖으로 나갔다. 컴퓨터도 끄지 않고 아무것도 잠그지 않았다. 지갑에서 돈만 꺼내 들고 나갔다.

밖을 보니 그가 바지 주머니에 손을 찔러 넣고 급히 걸어가는 모습이 보였다.

나로서는 그가 자리에 없는 동안이 의자 뒷부분을 칠할 기회였다. 그러고 나서는 염탐을 나갔다.

복도 저편에는 다른 사무실이 있었다. 간판에는 카셀이라고 적혀 있는데, 문이 잠겨 있었다. 복도 끝에 있는 문을 열어 보니 건물 뒤편의 조그만 뒷마당으로 이어졌다. 콘크리트 바닥으로 된 주차 공간과 삐거덕거리는 철제 대문이 있었다. 문을 열면 좁은 길로 이어졌다.

변기와 세면대가 있는 화장실이 있고, 그 옆에는 사무실 위층의 아파트로 올라가는 좁은 계단이 있었다. 철제 계단을 올라가니 발이 계단에 쩍쩍 붙었다. 계단 꼭대기에서 창을 통해 실내를 들여다보았지만 잘 보이지 않았다. 창문 먼지를 소맷부리로 슥슥 닦았다. 회색 책상에 서류 상자가 몇 개 쌓여 있고, 등이 부서진 팔걸이의자가 하나 있었다. 벽에 기대 놓은 사다리도 있었다. 사람이 살지 않는 듯했다.

크로켓 아저씨가 돌아온 뒤, 우리는 페인트 냄새를 피해 접수대 앞 소파에 앉아서 점심을 먹었다.

"아저씨 딸 얘기 좀 해주세요."

입에 든 음식을 삼키고 다시 집어넣기 전에 내가 물었다.

"이제 다 컸지. 이름은 나탈리인데 외국에 살아. 여행사에서 가이드로 일하거든. 곧 집에 한번 올 거래. 그래서 블라인드를 고치려고 한 거야."

그가 천장을 가리키며 말했다.

"그럼 부인이랑 두 분만 사세요?"

"으음."

그가 얼버무렸다.

우리는 잠시 침묵 속에서 먹기만 했다.

한참 말이 없다가 크로켓 아저씨가 입을 열었다.

"집사람이 암이었어."

"저런, 안타까운 일이네요."

"다 나았어."

그가 재빨리 덧붙였다.

"그런데 샐리가…… 집사람 이름이 샐리야. 자기랑 집에 좀 더 오래 있는 사람하고 살고 싶다면서 여동생이 사는 내륙 지방으로 이사를 가 버렸어."

나는 소리를 내며 음료수를 빨아 마셨다.

"4년 전 일이야. 그래도 크리스마스 때는 모여. 가족이 전부 다. 아이들이 집으로 돌아오지. 아들도 하나 있거든. 아들은 결혼해서 살아. 그런데……"

아저씨가 얼굴에 묻은 빵 부스러기를 손등으로 닦았다. 초췌한 표정이었다.

"그런데 뭐예요?"

"아,"

아저씨가 웃으면서 말했다.

"내가 나쁜 놈이라는 게 점점 분명해지고 있지."

"정말요?"

"나쁜 놈이냐고? 아마도."

그가 샌드위치 포장지를 돌돌 말았다. 그리고 손바닥으로 눈두덩을 문질렀다.

"아마도 나쁜 놈인 것 같아."

왜 자기가 나쁜 놈이라고 생각하는지 궁금했지만, 너무 꼬치꼬치 캐묻고 싶지는 않았다. 국수 그림까지 보여 준 사이이긴 하지만 말이다.

"카셀 씨는 주말에 일을 안 하시나 봐요?"

크로켓 아저씨는 빨대로 컵에 든 얼음을 콕콕 찔러 댔다.

"카셀은 샐리의 성이야. 사무실 이름을 안 바꿨어. 바꾸려면 다시 등록하고 간판도 바꾸고 샐리한테 내키지 않는 서류들에 서명하라고 해야 하니까."

그는 머리를 긁적이며 한숨을 쉬었다.

약간 어색했다. 나는 사생활과 관련 없는 주제를 생각해 보려고 애썼다.

"위층에는 누가 살아요?"

"지금은 아무도 안 살아. 나탈리가 집에 오지 않으면 대부분 비어 있어. 청소해서 세를 줄까도 생각해 봤지. 그냥 두는 건 낭비인 것 같아서. 꽤 크거든, 진짜로. 방이 세 개야. 딸이 와도 그 공간이 다 필요하진 않고. 나와 함께 지내도 되고 말이야. 그런데 계속 미루고 있네. 이상한 사람이 들어올까 봐."

"저한테 빌려 주시면 되잖아요."

내가 씩 웃으며 말했다.

"네가 어떻게 집세를 내려고?"

그가 약간 찡그리며 물었다.

나는 어깨를 으쓱하며 말했다.

"저 모델 일을 할 수 있어요. 그게 정말 보수가 괜찮대요. 나탈리가 와도 여기서 같이 있으면 되죠. 룸메이트로 지내면 되잖아요."

그냥 별 생각 없이 지껄인 얘기였지만, 충분히 상상해 볼 만하다. 나탈리는 실제로 재미있는 사람일지도 모른다. 나탈리가 외국에 있을 땐 알렉스와 나, 둘이서만 시간을 대부분 보내겠지만 문제없다. 평일 낮 시간에는 크로켓 아저씨가 여기 계실 테니까. 우리를 지켜봐 주는 삼촌처럼 말이다.

크로켓 아저씨가 약간 부루퉁해지며 도를 넘었다는 표정을 지었다. 법률 서비스도 무료로 해 달라고 이미 부탁했기 때문에 기분이 불편해졌다.

"농담이에요. 그렇지만 저는 되도록 일찍 집에서 나오고 싶어요. 우리 엄마는 마치……"

나는 고개를 흔들었다.

"집에서 사는 게 끔찍해요. 엄마는 저 때문에 계속 속상해하세요. 제가 무슨 말만 하면 거기서 화낼 거리를 찾으려고 귀를 쫑긋 세우는 것 같아요."

그가 고개를 끄덕였다.

"샐리도 그랬어. 암이라는 걸 알았을 때, 샐리가 죽기 전에 보고 싶은 걸 다 보겠다고 해서 둘이 세계 일주 여행을 했거든. 나탈리가 일하는 회사를 통해서 갔기 때문에 싸게 했지만, 그래도 우리가 평생 모은 저금을 다 털었어. 그러고 나서 집사람 병이 나았는데, 계속 그런 식으로 살고 싶어 하더라고. 그래서 내가 '이제는 곧 죽을 것도 아니잖아.' 했더니 집사람은 나더러 무심하다고, 단지 좀 더 천천히 죽어 갈 뿐이지 지금도 죽어 가고 있다면서 화를 내지 뭐냐. 그러고는 우리가 함께 키운 이 사무실은 새 부인을 들일 보금자리로 만들 거냐며 틈날 때마다 날 비난하더구나. 나는 그 말에 백 일곱 살 때까지 일하고 싶지는 않다고 대답했지. 그러면 또 집사람은 이래. 적어도 당신은 장기 계획을 세우는 호사를 누리지 않냐, 내가 암 걸렸다는 것을 잊었냐? 그렇게 계속 이어졌어. 그런 말싸움을 1년 동안 2주에 한 번씩은 한 것 같아. 그러다가 집사람이 떠났지."

"아저씨가 나쁜 놈인 이유가 그거예요?"

내가 물었다.

그는 치아 사이에 낀 샌드위치 조각을 뽑으며 말했다.

"난 그렇다고 봐."

우리는 다시 사무실로 돌아갔는데, 사무실이 괜찮아 보였다. 내가 고른 색깔은 아니지만 바르고 보니 묘하게 어울렸다. 아저씨도 마음에 들어 하는지 아닌지는, 표정만 보아서는 알기 어려웠다.

그는 좋아하는 것, 싫어하는 것이 없는 것 같다. 그냥 그럴 뿐이다.

시간이 제법 늦었다. 네 시가 다 되었다. 이 일이 하루를 몽땅 잡아먹었다.

"다음 주에 와서 두 번째 칠을 하면 되겠구나. 네가 괜찮으면 말이야."

그가 말했다.

"네, 정리하고 갈게요."

내가 말했다.

건물 뒤편 콘크리트 화장실에서 붓을 씻다가 문득 이런 생각이 들었다. 크로켓 아저씨가 나를 양자로 들이는 걸 고려해 보지는 않을까. 몇 년 간 집만 제공해 줘도 되는데. 아무것도 해 줄 필요 없는데. 그저 오늘 아침에 말한 것처럼 **다시 보니 반갑구나** 같이, 격의 없고 친근하고 따뜻하고 비난을 담지 않은 말만 해 줘도 나는 완전 행복할 텐데.

29

일찍 학교로 나섰다. 도착해 보니 오늘도 운동장은 텅 비어 있었다. 회색 콘크리트, 회색 벽돌, 회색 하늘. 온통 회색이다. 크리스마스 장식마냥 빨강 초록 점퍼스커트를 입고 벤치에 앉아 있는 시에라만 빼고 말이다.

시에라는 책을 읽고 있었다. 나를 보더니 허리를 세웠다.

"우리, 이런 만남은 이제 그만해야 해."

내가 씩 웃으면서 말했다.

"무슨 뜻이야?"

얼굴을 붉히면서 그 애가 물었다.

"아무것도 아니야."

"네 머리 진짜 맘에 든다."

그 애가 말했다.

"완전 멋져."

얘 좀 더 홀리고 싶게 만드는데. 알렉스가 말한다.

난 시에라한테 그러고 싶지 않아.

저 옷에 가려진 모습이 어떨지 전혀 안 궁금하단 말이야?

전혀. 난 안 궁금해.

시에라는 숨을 들이쉰 다음 잠시 멈췄다. 그러고는 책을 가방에 넣었다. 뭔가 말하려는 눈치였다.

"뭔데?"

"용서해 줄게."

시에라가 숨을 내쉬며 말했다.

"용서해 준다고?"

알렉스가 웃었다.

"오호, 좋아!"

시에라가 눈살을 찌푸렸다.

"며칠 전 아침에 네가 한 짓을 용서한다고."

"며칠 전 아침에 내가 무슨 짓을 했는데?"

"핥았잖아."

"내가 널 핥아?"

"그래."

우리는 서로 똑바로 쳐다보았다. 알렉스가 싱글거리고 있다. 알렉스가 한 걸음 앞으로 나간다.

"내가 한 번 더 핥아도 용서해 줄 거야?"

그만해, 알렉스!

뭐? 시에라가 완전히 뻑 가고 있잖아.

너 정말 어디가 잘못된 거야. 저 애를 좋아하지도 않으면서.

알렉스는 한 걸음 더 다가간다. 남자애들은 이렇게 해. 여자애들이 제 몸을 보여 주게 하려고 애쓰지.

그래, 근데 아무 여자애나?

그럼, 아무 여자애나. 다 똑같은 몸이지만 약간씩은 달라. 그게 짱 재미있는 점이야. 내 생각엔 우리가 저 애를…….

닥쳐.

시에라는 운동장 건너편을 쳐다보았다.

"엄마가 너한테 아직 전학 서류를 다 내지 않았다고 다시 알려 주라 하셨어."

"아참, 맞아. 알았어."

"그전에는 어느 학교에 다녔어?"

나는 콘크리트 바닥에 발을 박박 문질렀다. 머릿속이 텅 비었다. 다른 데로 관심을 돌려야겠어.

"지난번에 핥아서 미안해. 다시는 안 그럴게."

쟤 좀 봐. 실망하잖아.

"만약,"

내가 막을 새도 없이 알렉스가 불쑥 말한다.

"만약 뭐?"

"내가 널 다시 핥지 않기를 바란다면."

나는 알렉스가 이 상황에서 어디로 가려는 건지 진심으로 궁금했다.

"왜냐하면 지난주에…… 네가 뭐라고 했지? 역겹다? 아니다, 좀 징그럽다고 했지."

"너 징그럽지 않아."

그 애가 말했다.

"어우, 고마워. 그렇게 말해 주다니 착하기도 해라."

시에라가 팔짱을 끼고 말했다.

"나는 여자를 좋아하지 않아."

"그래!"

내가 말했다.

그러고는 자리에서 일어났다. 내가 어디로 가는지 나도 몰랐지만, 시에라는 나를 보고 있었다. 재, 완전히 우리한테 빠졌군.

수학 시간에 아미나가 내게 시에라의 쪽지를 전해 주었다.

그때 좋았어.

"뭐가 좋았다는 거야?"

아미나가 물었다.

시에라가 검지를 입술에 갖다 댔다.

"내가 재를 좀 핥았어."

알렉스가 씩 웃으며 털어놓았다.

"뭘 했다고?"

아미나가 아름다운 갈색 눈으로 나를 쳐다본다. 지루한 표정이다.

"뭔 소린지 이해가 안 된다."

시에라가 창피해하며 입을 가리고 킥킥거렸다.

아미나는 어깨를 으쓱하더니 계속 수학 문제를 풀었다.

시에라가 날 보고 눈을 흘겼다. 우리끼리만 통하는 얘긴데 엉뚱한 애한테 말했다는 뜻이다. 기분이 별로 좋지 않았다. 아주 메스꺼웠다.

30

점심시간에 아미나가 달리기 할 준비가 되었느냐고 물었다. 나를 똑바로 쳐다보면서. 관심을 보이며. 미소를 띠고. 내게.

"그럼."

내가 말했다. 그 애가 무엇에 관심이 있는지는 아직 확실하지 않지만, 바보 같은 홅기 사건으로만 영원히 기억되지는 않으리라는 가능성만으로도 기뻐서 뭐든 기꺼이 따라가고 싶었다. 그 애가 육상부 주장인 것과 관련이 있으리라 추측했다.

아미나는 나를 데리고 학교 한쪽에 있는 건물 뒤편 경기장으로 갔다. 학생 열 명 정도가 모두 똑같은 운동복을 입고 있었다. 그중에 타이가 있었다. 스트레칭을 하고 있었다. 타이는 나를 보더니 동작을 멈췄다.

"마침 네 생각을 하고 있었어."

타이가 말했다. 눈길이 어찌나 강렬한지 피부가 화끈거리는 느낌이다. 나도 아미나를 그런 눈으로 보는지 궁금하다.

타이에게 미소로 답했지만, 무슨 말을 해야 할지는 떠오르지 않았다. 그 애가 무슨 생각을 하는지 알고 싶지도 않고.

우리 둘이서 백 미터를 뛸 거야. 아미나의 말에 어떤 상황인지 잘 아는 것처럼 고개를 끄덕였지만, 사실 나는 항상 체육 시간을 피해 다녔다. 옷을 갈아입어야 하는데다 무능하고 약한 모습을 보여야 하니까.

운동화가 없어서 맨발로 달리려고 부츠를 벗었다.

타이가 아미나 옆에 나란히 섰다. 아미나가 몸을 구부렸다. 나도 그 애가 하는 대로 따라했다. 유연한 자세로 앞을 바라보는데, 집중하는 표정이 꼭 고양이 같았다. 잘 단련된 육상선수가 틀림없다.

"출발!"

타이가 외쳤다.

아미나가 뛰어간다. 반바지가 들썩일 때마다 허벅지 근육이 보인다. 그 애는 팔을 옆구리에 딱 붙이고 달린다. 하지만 내가 따라잡아야지. 나는 보폭을 아주 크게 하려고 애썼다. 발꿈치가 바닥에 팍팍 부딪치고 가슴에는 불이 난 것 같지만, 점점 따라잡아 갔다. 기분이 짱이다. 근육 하나하나, 얼굴에 스치는 바람, 심장 박동까지 모두 느껴진다. 달리기 말고는 아무것도 생각할 수 없다. 나는 있는 힘껏 빠르게 달렸다. 그 순간에 완전히 몰입했다. 그렇게 몰입한 것이 언제인지 기억도 나지 않는다.

이제 거의 나란하다. 그 애가 나를 흘낏 보더니 씩 웃고는 앞으로 쑥 나갔다. 우와, 놀라운걸. 그 애는 보통 사람들처럼 움직이지 않는다. 운동선수니까. 호흡으로 뭔가 특별한 것을 하고 있다. 제대로 훈련을 받은 게 틀림없다.

갑자기 아미나가 멈추었다. 백 미터 선을 지났기 때문이다. 나는 백 미터가 뭔지도 모른다. 우리는 걸어서 돌아왔다. 내 심장은 여전히 달음박질을 하고 있다. 팔다리는 흐느적거린다. 심장마비가 올 것 같다.

"15초."

타이가 말했다.

아미나는 고개를 끄덕였다.

"좋은 거야?"

나는 털 뭉치를 잘근잘근 씹는 고양이처럼 거칠고 짧게 숨을 쉬며 물었다.

아미나가 어깨를 으쓱했다.

"좋은 거야, 여자치고는."

"지역 대회에 갈 정도로 좋은 기록이지?"

타이가 아미나에게 물었다.

아미나가 잠시 나를 쳐다보다가 생각에 잠겼다. 그 애는 땀을 흡수하는 가느다란 머리띠를 이마에 두르고 있었다.

"네가 괜찮으면 릴레이 팀에 넣어 줄게."

선심 쓰듯이 아미나가 말했다.

"무임승차를 시켜 주진 않아. 연습을 하면 다른 선수들이 네 능력을 알아보겠지."

타이가 큰 소리로 웃고 있었다.

"어이, 달리기 좀 하는데!"

나와 하이파이브를 했다.

"호흡법만 배우면 되겠어."

나는 입을 벌렸다가 다시 다물었다.

교실로 돌아오는 길에 아미나는 흥분했다. 우리가 함께 받을 훈련과 지역 대회에서 내가 만날 사람들, 이를테면 초등학교 때부터 늘 만나는 오랜 경쟁 상대에 대해 이야기했다. 나는 말을 가로막았다.

"아미나, 정말 너랑 함께 훈련받고 싶지만, 난 육상부 못해."

"할 수 있어! 못한다는 건 '시도하지 않는 거'라고 우리 예전 코치님이 항상 말씀하셨어. 너는 재능이 있어. 네가 모를 뿐이야. 나는 척 보고 알았지. 넌 운동선수 체격을 타고났어. 무척 강하고 가늘어. 최상의 몸이지."

그 애는 엄지와 검지로 내 팔뚝을 꼭 잡았다. 내가 능력을 의심한다고 생각하고 나를 향해 활짝 웃었다.

"그게 아니야. 난……"

내가 말을 끌었다.

아미나의 눈이 커졌다.

"하고 싶지 않은 거야? 그런 뜻이야? 귀찮아서?"

"아냐, 아냐, 아냐."

나는 강하게 부인했다.

"귀찮아서가 아니야. 너와 함께 훈련받으면 진짜 좋을 것 같아. 정말 그러고 싶어. 근데 나는 경쟁하는 게 싫어."

아미나가 그 자리에 멈춰 섰다.

"왜?"

그러게, 왜 싫어? 알렉스가 물었다.

왜냐하면 내가 예전에 남자애였다는 사실이 밝혀지면 문제가 될 테니까.

언제 밝혀질까?

하다 보면 당연히 밝혀지는 쪽으로 가게 되어 있지, 안 그래? 누군가가 어떤 식으로든 국수에 대해 알게 될 테고, 그러면 모든 게 엿같이 되겠지. 내가 지역 대회에 학교의 여자 대표 선수로 나가면 더 심각한 문제가 될 거야. 훨씬 더 심각하지. 사람들이 그저 경악하는 정도가 아닐 거라고. 화가 나서 펄펄 뛸걸.

"그냥 그러고 싶지 않아."

아미나가 손등으로 이마를 닦았다. 어깨를 축 늘어뜨린다. 아미나를 실망시키다니 너무나 괴롭다.

"미안해, 근데……"

아미나가 내 손을 잡는 바람에 말을 멈추었다.

"알려 줘서 고마워."

그 뒤로는 아미나가 내게 아무 말도 하지 않았다. 화가 나서가 아니라 알 만한 가치가 없기 때문인 듯했다.

31

www.motherhoodshared.com

매일 매일이 거대한 욕조의 소용돌이 같아요. 구멍으로 휩쓸려 떠내려가지 않으려고 하루 종일 힘껏 헤엄치는 기분이에요. 항상 기진맥진이에요.

전 제가 마음에 안 들어요. 알렉스의 엄마라는 사람이 저라는 사실이 싫어요.

모든 것에 잘못 대응했다는 걸 이제야 깨달았어요. 처음부터 잘못한 일이었어요. 전부 엉망진창으로 만들어 버렸는데, 이제 너무 늦었네요. 전 정말 형편없는 엄마예요. 여태까지 그것도 깨닫지 못하고 살았어요. 다른 집 가족들은 다 별일 없이 사는 것 같은데.

제가 겪고 있는 것은 롤러코스터도 아니에요. 매일이 완전히 새로운 지옥이에요.

비행기를 타고 어디 모래사장이랑 코코넛 음료가 있는 곳으로 가고 싶어요. 이제 남편한테 좀 맡으라고 얘기해야겠어요. 내가 휴식을 좀 취할 차례라고요. 그러면 안 되는 이유를 하나라도 생각해내려고 애써 보는데, 하나도 떠오르지 않네요.

헤더

댓글

수지 : 그러세요. 지금까지 많이 고생했으니 휴식이 필요해요! 지금 당장 할 수 있는 건 그게 최고겠네요.

셰릴 : 어떤 때는 엄마가 자녀를 위해 할 수 있는 최선의 일이 자기 자신을 먼저 생각하는 것이랍니다.

32

돌아와 보니 집이 어둑했다. 아빠는 서재에서 서류를 뒤적이고 있었다.

"엄마는 어디 계세요?"

"며칠 후에 오실 거야."

드디어 사람들이 엄마를 언덕 위의 하얀 집으로 끌고 갔나 보다. 알렉스가 말한다. 마음이 놓인다.

"병원에 계세요?"

"뭐? 아니, 아니, 아니야."

그러고는 아빠가 웃음을 터뜨렸다.

"아니야, 며칠 여행 갔어."

"어디로요?"

아빠가 머리를 긁적거리고는 의자에 등을 기댔다.

"피지."

"피지?"

농담이라고 생각했다. 엄마가 오늘 아침 갑자기 짐을 싸서 피지에 가겠다고 마음먹는다는 게 말이 되나?

"피지요? 섬 말이에요?"

"그래."

우리는 서로 마주보았다.

"엄마가 피지에 간다는 걸 알고 계셨어요?"

아빠가 딴 데로 시선을 돌렸다.

"내가 며칠 쉬었으니까 엄마도 며칠 쉬는 게 공평한 것 같아."

"나는 언제 며칠 쉬게 될까요?"

내가 물었다.

아빠가 얼굴을 문지르며 말했다.

"알렉스, 그러지 마."

뭘 그러지 말라는 거야? 싸움닭 알렉스의 깃털이 곤두선다. 하지만 그럴 일은 아니다. 엄마가 안 계신다면 기쁜 일 아니야?

"음식을 만들고 싶은 맘이 없네. 저녁에는 나가서 인도 요리 먹을까?"

아빠가 제안했다.

"제가 이대로…… 그러니까…… 옷차림이 이래도 괜찮아요?"

"내 옷차림은 어때, 괜찮아?"

나는 망설였다.

"왜요? 뭘 입으시려고요?"

아빠가 작업복 셔츠를 내려다보았다. 약간 구겨져 있지만 괜찮았다.

나는 위층으로 가서 화장을 거의 다 지웠다. 그러면 아빠가 더 좋아할 것이기 때문이다. 머리는 길지만 남자아이로 보일 수는 있다. 나는 양쪽 다 될 수 있다. 청바지와 후드 티셔츠로 갈아입고 운동화를 신었다.

우리는 몇 블록 떨어진 인도 식당으로 걸어갔다. 가는 동안 아무 말도 하지 않았다. 걷기만 했다.

안으로 들어가 창가 테이블에 앉았다. 이른 시간이라 식당이 막 문을 연 참이었다. 종업원 하나가 아직 테이블 정돈을 하고 있었다. 아빠는 납작하고 바삭한 인도식 빵을 와드득 깨물어 먹으며 직장에서 일어난 일을 이야기해 주었다.

"어떤 화학 공장에 견적을 내러 갔거든. 도착해서 보니까 기밀 유지가 엄청 철저한 곳이더라고. 게이트마다 경비원들이 서 있고, 문마다 비밀번호를 눌러야 하는 특수 경보 장치가 붙어 있었어. 안내 데스크에서 사전에 연락한 담당자를 만났지. 공장이 무지 넓어서 사무실까지 가는 데도 한참 걸렸어. 가면서 그 사람이 자기 아내와 아이들 이야기를 하는데, 이제 막 걸음마 하는 아기들이어서 힘들어 죽겠다는, 뭐 그런 얘기도 했어. 그 사람이 나를 조그만 방으로 데리고 들어갔는데, 탁자 위에 구두 상자가 하나 있는 거야."

종업원이 주문을 받으러 왔다. 나는 콩을 푹 익혀 만드는 스튜를, 아빠는 둘이 나눠 먹을 채소 커리를 주문했다. 내가 채식을 하는 걸 아빠가 존중해 주어서 기분이 좋아졌다. 종업원이 내게는 탄산음료, 아빠에게는 맥주를 갖다 주었다.

"구두 상자요?"

나는 대화를 이으며 빨대 위로 몸을 웅송그렸다.

"응. 근데 구두 상자 안에 가구 모양의 조그만 마분지 조각들이 잔뜩 들어 있는 거야."

"축소 모형 같은 거요?"

"그렇지. 그 사람이 이러더라고. '이게 우리가 견적을 내야 하는 방입니다.' 나는 실제로 방을 봐야 한다고 했지. 왜냐하면 크기만이 문제가 아니라 어디에 위치하는지, 가스나 먼지를 완전히 빼야 하는지, 전력은 어떻게 공급되는지, 물건이 차지하는 물리적 공간은 어느 정도인지 등등을 알아야 하니까. 그러자 그 사람이 말하길, 일급 기밀이라서 방을 못 보여 준다는 거야."

"뭘 만드는 데였어요?"

"섬유 유연제."

아빠가 말했다.

"근게 그게 기밀이래요?"

"그렇다니까. 그래서 내가 실제 방을 못 보면 에어컨 견적을 내 드리기 어렵다고 말했지. 아무에게도 그 방에 대해서 이야기하지 않겠다고 약속도 했어. 그랬더니 자기 상관한테 전화를 걸어. 내가 그 방을 봐도 된다는 데 합의가 됐나 봐. 그런데 자세히 보지 말아야 한다는 약속까지 받아 두더라고. 그 사람이 나를 데리고 그 방으로 가서는 복도에 서 있으라고 해서 입구 홀 쪽을 보고 섰지. 그러더니 방을 똑바로 보면 안 된다면서 곁눈질로 보라는 거야."

"농담 아니에요?"

"농담이 아니었어. 그래서 방을 제대로 보지도 않고 견적을 뽑아 줬지 뭐냐."

"그 일 하시게 될 것 같아요?"

"안 되기를 바라지! 보지도 않고 어떻게 들어가서 어떻게 설치를 해."

나는 킥킥 웃었다. 이야기가 재미있어서가 아니라, 아빠가 나를 어른처럼 대하며 대화하기 때문이었다. 그리고 아무 긴장감 없이 그날 하루에 대해 이야기하고 편안하게 같이 식사하는 게 좋아서였다. 엄마가 없을 때의 아빠가 더 낫다. 이거 괜찮겠는데. 한동안은 남자들끼리, 아빠랑 나랑 잘 지낼 수 있겠어.

음식이 나오자 아빠가 밥을 접시에 나누어 담았다.

"세상 사람들 중에는 또라이가 많지만, 그런 사람들도 직업을 얻고 가정을 꾸리고 성공도 한다는 얘기를 하는 거야."

그런 다음 아빠가 나를 곁눈질로 살폈다.

지금 우리를 또라이라고 부른 거야? 알렉스가 물었다. 숟가락이 접시 위 허공에서 멈췄다. 우리 눈길이 탁자 위에서 마주쳤다. 아빠가 분명 그렇게 말했지.

내가 고개를 흔들었다.

"도대체 그게 뭔 소리예요?"

"알렉스, 너를 도우려는 거야. 네 편이 되어 주려고……"

아빠가 말을 시작했다. 그러거나 말거나.

"쓰읍!"

나는 개 조련사 같은 소리를 냈다.

탁자에서 물러나 밖으로 나왔다.

"알렉스!"

아빠가 소리쳤다.

"이리 와! 아빠는 어떻게든 그 얘기를 해보려고 애쓰는 중이라고!"

33

엄마에게 천식 발작을 일으키고 해외로 떠나게 만든 유튜브 영상이 무엇이었는지 궁금하지 않은가.

지금부터 그 얘기를 정말로 빨리 하려고 한다.

조이 학교에 입학했을 때부터 엄마는 늘 내가 다른 남학생들과 함께 옷을 갈아입거나 샤워를 하지 않게 해 달라고 특별 통신문을 써 보내셨다. 나는 직원용 욕실을 써도 된다는 허락을 받았다. 모두가 왜 그러는지 궁금해했고, 나는 그에 대해서 이야기하지 않았다. 다른 아이들이 그 문제를 들고 나오면 선생님들은 아주 당황스러워했다. 선생님들이 엄마에게 어느 정도까지 들었는지 나는 몰랐지만, 내가 남들과 다르다는 걸 선생님들 스스로 간파한 것 같았다.

그런 걸 그냥 내버려 두지 않는 아이가 하나 있었다. 로저 블러디 설리번. 걔는 알고 싶은 건 꼭 알아내야 했다. 내가 왜 직원 욕실을 쓰는지 자신에게 알 권리가 있다고, 정말로 그렇게 생각했다. 아무도 말해 주지 않는 데 화가 나서 분기탱천할 지경에 이르렀다. 정말이지 긴 셔츠 같은 것을 입고 남학생들과 함께 옷을 갈아입는 게 더 편했을 것이다.

어느 날 학교를 마친 뒤에 로저 블러디 설리번과 그 친구 두 명이 요양원 뒤편 골목길에 있는 배수로 옆으로 나를 몰아세웠다. 아이들이 내 몸을 꽉 누르고 교복 바지와 팬티를 찢어서는 울타리 너머 배수로에 던져 버렸다. 나는 허리 아래로는 벌거벗은 채 울타리를 타고 넘어가서, 바지를 찾으려고 배수구 속을 쑤석거렸다. 다리를 바지 속에 넣으려고 했지만, 바보 같은 바지는 젖은 채로 뒤집어져 뱀처럼 계속 내 다리에 감기기만 했고, 나는 울지 않으려고 애썼는데, 그러거나 어쨌거나 입술 위로 콧물이 흐르는 것을 느꼈다. 그중 한 아이가 휴대폰으로 그걸 전부 녹화해서 유튜브에 올린 것이다.

4분하고도 15초짜리였다.

그 영상에서 아이들은 웃지도 않는다. 설리번이 처음에 "내가 말했지." 한 뒤로는 차들이 다리 위를 지나는 소리와 내가 불쌍하게 우는 소리밖에 안 들린다. 동물원 구경거리라도 되는지 그 애들은 무관심한 듯 침묵을 지키며 나를 촬영했다.

그때부터 나는 약을 먹지 않았다. 약을 먹어서 좋아지는 느낌이 없었기 때문이다.

34

그게 내가 그 학교를 떠난 이유다.

어스름이 깔리기 시작했지만, 어디로 가야 할지 몰라서 그냥 걷기 시작했다. 후드를 머리에 쓰고 손은 주머니에 넣었다. 주머니에서 전화기가 울렸지만 받지 않았다. 계속 걷기만 했다.

아빠가 보낸 문자일 것이다. 사과하는 말일지도 모른다. 어쩌면 내 존재만으로도 부모에게 상처를 준다는 또 다른 비난일지도 모르고. 알고 싶지 않다.

맞다. 엄마, 아빠의 말에 늘 내가 상처를 준다는 의미가 담겨 있음을 이미 알아차렸다. 두 분이 어떤 합의를 한 게 분명하다. 그러나 엄마, 아빠가 내게 상처를 주고 있다는 생각은 두 분에게 떠오르지 않는 것이다.

오늘 저녁에 있었던 일에서 가장 나쁜 부분은, 내가 가드를 내릴 때까지 기다렸다가 아빠가 내 눈에 잽을 날렸다는 점이다. 나는 부모님이 그 다음으로 할 말에 대비하는 데 아주 익숙하다. 그저 아빠에게 화가 난 것이 아니라, 그 대화에는 가시가 없을 거라고 방심한 나에게 화가 났다.

마음이 아프다. 아미나와 백 미터 달리기를 한 직후처럼 심장이 쿵쾅거리고 쓰라리다.

아빠는 우리를 '남자답게 만들기 위해' 레슬링을 하곤 했다. 나는 그게 무지 싫었다. 아빠는 내 팔을 꽉 누르곤 했는데, 그렇게 꼼짝없이 갇히면 정말 무서웠다. 나는 소리를 지르며 머리로 받고 무릎으로 치려고 했다. 내가 어린이집에서 아이들을 떠미는 짓을 멈추기 어려웠던 것과 마찬가지로, 아빠도 나를 아프게 하며 은근히 쾌감을 느꼈을지 모른다. 그때 내가 할 수 있는 거라곤 꼬집는 것뿐이었는데, 그러면 아빠는 그 난장판을 싹 접어 버렸다. 나는 아빠를 꼬집는 게 좋았다. 아빠가 움찔 물러서는 것이 재미있었다. 나는 손톱자국을 깊이 남겼다.

봐, 우리는 그 옛날부터 서로 미워했던 거야.

그거 학대 아니야? 징징거리려고 그러는 건 아니지만. 아동복지 센터로 가야 하는 종류의 학대는 아니지. 아빠가 나랑 레슬링을 하고 싶어 하거나, 엄마가 토스트를 먹으라고 강요하는 것 따위가 말이야. 그런 걸로 아동 학대 신고를 하면 신고 명단 맨 밑바닥에 놓일걸.

너도 거기 있었으니 봤잖아. 엄마, 아빠는 날 사랑하지 않아.

날 좋아하지도 않아. 내가 두려운 건, 사랑받지 못한 사람은 사랑할 줄도 모른다는 거야. 그러면 나는 아미나를 사랑하지 못하는 걸까? 그래서 내가 시에라에게 그리도 못되게 구는 걸까? 우리는, 알렉스와 나는 늘 혼자 있게 될까? 난 사이코패스인가 봐.

자기가 사이코패스일까 걱정하면 사이코패스가 아닌 거야. 마치 권위자처럼 알렉스가 일러 준다.

넌 그걸 어떻게 알아?

사이코패스는 자기가 사이코패스일까 봐 걱정하지 않거든. 다른 사람이 자기를 어떻게 생각하는지 걱정하지 않아.

넌 언제부터 사이코패스에 대해 그렇게 많이 알게 됐어?

내 말 믿어. 너는 변태이긴 하지만 사이코패스는 아니야.

나는 보행로에서 한쪽 발 앞에 일직선으로 다른 발을 놓으며 걸었다. 네 걸음에 한 번 숨을 들이쉬고, 네 걸음에 한 번 숨을 내쉬었다. 심장 박동에 맞춰 걸으면서 속으로 노래를 했다.

뭘 해야 할지, 어디로 가야 할지 모르겠어. 집으로 갈까? 뭐 하러? 돈을 집에 두고 와서 모텔 같은 데 가지도 못해. 갈 데가 아무 데도 없어. 걸을수록 집에서는 점점 더 멀어졌다. 결국에는 집에 가야겠지.

한 남자가 내 옆을 지나 걸어갔다.

"어이, 안녕. 귀염둥이."

오싹 소름 끼치는 목소리로 남자가 말했다. 그러고는 발꿈치를 대고 빙글 돌아서 내 뒤를 따라왔다.

나는 남자를 무시하고 걸었다. 전화기를 꺼내어 받는 척했다.

"여보세요?"

그러고는 다가오는 자동차를 쳐다보았다. 마치 어떤 차를 찾고 있다는 듯이.

"예, 세워요. 제가 얼른 탈게요."

내가 갑자기 멈추니까 남자가 가랑이를 붙잡고 제스처를 하며 뒤로 슬금슬금 물러났다. 나는 도로를 뚫어지게 쳐다보았다. 남자가 간 뒤에 문자를 확인해 봤는데, 아빠가 보낸 게 아니었다. 아미나가 보낸 것이었다.

[안녕.]

심장이 멎는 것 같다는 표현이 있다. 딱 그런 상황이다.

방금 보냈나? 아니면 내가 기분이 안 좋았던 그때 보낸 건가? 답장을 보내? 뭐라고 톡톡 튀는 말을 써 보내지?

엄지손가락이 자판 위에서 헤맨다. 뭐라고 말해야 할지 모르겠다. 아미나 앞에서 나는 바보가 된다.

[웬일?]

문자를 보냈다.

차도와 보도 사이의 가장자리에 서서 전화기 화면만 뚫어지게 쳐다보며 기다린다. 답이 없다.

어휴! 얘가 사람 미치게 하네! 그러나 이제 나는 미소 짓고 있다. 심장은 여전히 두근거린다. 좋은 두근거림이다.

35

눈에 띄지 않고 내 방으로 갈 수 있기를 바라며 문 안쪽을 슬쩍 살펴보았다. 아빠가 복도에 서 있었다.

"알렉스."

아빠가 얘기를 시작하려 했다.

나는 손을 위로 들며 말했다.

"나한테 입도 뻥긋하지 마세요! 듣고 싶지 않으니까! 정말 지긋지긋……"

"알렉스!"

날카롭게 소리치는 아빠의 얼굴에 뭔가 이상하고 절박한 느낌이 있었다.

"저한테 뭘 바라세요?"

내가 되받아쳤다.

시에라와 줄리아가 거실에서 나와 아빠 뒤에 섰다. 시에라가 손을 살짝 흔들었다. 얼굴을 발그스레했다.

토할 듯한 기분이었다. 손으로 입을 막았다. 아, 괜찮아졌다.

"여긴 웬일이야?"

나는 불쑥 내뱉었다.

얘들이 아래층에만 있었어야 하는데. 위층 내 방문 앞에 엎어져 있는 역겨운 토스트 접시가 자꾸 생각났다. 하루 두 번씩 그걸 밟고 지나가기까지 했다. 사실, 그걸 치워야 하는 사람은 내가 아니라고 생각하기 때문이다.

시에라와 줄리아가 마주보았다.

"우리 가야 할까 보다."

줄리아가 눈썹을 치켜세우며 말했다.

자기 때문에 내가 자존심이 상했다고 생각하나 보다. 버릇없고 건방지다고 생각하겠지. 그리고 아빠한테 버릇없고 건방지게 구는 걸 들켜서 창피해한다고 생각하겠지. 아빠는 얘들이 우리 집에 있는 동안 멋진 남자인 척했을 테니까.

이건 내가 평범한 아이가 되기 위해 지불해야 하는 대가다. 교실에서 '록산'을 불렀을 때 시작된 것이었는데, 그땐 그게 보이지 않았다. 다른 사람들 앞에서 나쁜 행동을 한 데에 이제는 변명거리가 없다. 앞뒤 상황을 모두 알면 이게 다 이유가 있다는 것도 알겠지만, 줄리아는 내가 얼마나 참고 사는지 알 턱이 없다. 줄리아에게 존중받기를 원하면 더 유쾌해지고 더 다정해져야 한다. 보통 사람들보다 훨씬 더 상냥하게 대해야 한다.

"아니, 아니, 그게 아니라…… 우리 집은 어떻게 알았냐고."

"우리 엄마. 네 전학 서류에 있잖아."

시에라가 설명했다.

그건 좀 으스스한걸. 알렉스에게 말했는데, 그는 개의치 않았다. 그 애가 우리한테 반했다는 더 확실한 증거라고 보았다. 그게 왜 기분 좋은 일인지 나는 정말 이해가 안 간다. 엄마가 자기를 스토킹하는 것 같다고 한 말이 기억난다. 그 애와 처음 이야기를 나눌 때 한 말이었다. 그런데 자기가 내 서류를 훔쳐보는 건 괜찮다고 생각하다니.

"우리 손톱 손질하러 가는 길인데, 너도 같이 가려는지 궁금해서. 바로 저 길 건너에 있거든."

시에라가 말했다. 여전히 얼굴이 발그스레했고 눈이 반짝거렸다.

쟤 얼굴 좀 봐! 나한테 푹 빠져 있는걸.

"아미나도 같이?"

내 물음에 시에라가 얼굴을 찌푸리며 말했다.

"아니."

"걔가 좀 전에 나한테 문자를 보냈더라고."

휴대폰이 든 주머니를 가리키며 말했다.

"우리만 갈 거야."

줄리아가 말했다.

"내가 태워다 줄게."

아빠가 말했다.

"아녜요, 걸어갈 수 있어요."

나는 재빨리 대답했다.

모두 어색한 분위기로 복도에 서 있었다. 줄리아는 내가 같이 손톱 손질 받으러 가기를 원치 않는 눈치였다. 내가 말한 것이 사실인지만 알고 싶은 것이다.

"터렛 봤어?"

줄리아에게 물었다.

"응, 멋지더라. 여기는 춥네."

그러고는 자기 팔을 쓰다듬었다.

"그럼, 갈까? 만나서 반가웠습니다, 스트링펠로 씨."

아빠가 허둥지둥 지갑을 뒤적여 나한테 50달러를 건넸다.

나는 밖으로 나와서 문을 닫았다.

"방금 일은 미안해."

줄리아에게 말했다.

"아빠랑 싸웠거든. 그래서 거리를 둘 시간이 좀 필요했어."

"뭐 때문에 싸웠어?"

시에라가 물었다.

"아, 뭐, 시시한 것들."

나는 손을 내저었다.

"아빠가 열 받게 하잖아. 짜증나게."

별일 아니라는 듯 말했다.

"어떻게? 그런 거 우리한테 얘기해도 돼."

시에라가 은근히 압박했다.

"고마워. 지나간 일인데, 뭘."

"네 표정으로는 다 지나간 것 같지 않아."

줄리아가 날 살피며 말했다.

이야기를 지어내야 하나. 아님 사실대로 다 이야기해야 하나.

하고 싶은 말을 정리하느라 잠시 시간이 걸렸다. 우리는 길을 따라 걸어갔다. 나는 보도의 깨진 틈을 피해서 성큼성큼 걸었다. 내가 아이들보다 키가 크다 보니 시에라는 뛰어오다시피 했다. 나는 속도를 늦춰서 보조를 맞추었다.

"아빠는 내가 달라지기를 바라셔. 나를 있는 그대로 받아들이려고 애쓰시지만, 가끔 실수로 내가 완전히 다른 사람으로 탈바꿈하기를 얼마나 원하는지 드러내는 말을 하셔. 그래서 좀 속이 상했어. 그게 다야."

"뭐라고 하셨는데?"

시에라가 물었다.

"내 편을 들어 주려고 노력한다면서, 다른 또라이들도 정상적으로 생활하더라는 얘기를 하시더라고."

줄리아가 날 쳐다봤다. 아주 약간 누그러진 눈빛이었다.

"너 또라이 아니야. 아주 흔하지 않니? 너 같은 사람."

"난 아직 한 번도 못 만나봤는데."

내가 활짝 웃으며 말했다. 길을 건너 주차장을 통과해서 쇼핑 센터로 갔다.

줄리아가 시에라를 휙 돌아봤다가 다시 고개를 돌렸다.

정문으로 들어가면 바로 네일숍이 있다. 안에 들어가 보는 건 처음이었다. 탁자가 두 줄로 늘어서 있었다. 네일 아티스트가 한 쪽에 앉고 손님이 반대편에 앉는다. 밝은 조명 아래 아주 많은 기구들이 있다. 네일 아티스트들이 모두 마스크와 장갑을 끼고 있어서 수술실 같기도 하다. 아프지 않을까 걱정이 됐다.

우리는 나란히 세 자리를 차지하고 앉았다. 나는 메뉴를 슬쩍 들여다보고 25달러짜리로 골랐다. 식물성 약품을 써서 박리 시술을 해준다고 되어 있다. 도대체 그게 뭐람?

한 언니가 내 손톱을 깨끗이 닦았다. 그건 아프지 않았는데, 그 다음 손톱 주위의 피부를 잘라내기 시작했다. 그러고 나서 줄로 손톱을 다듬었다. 이건 뭥미?

"손에 털이 참 많네요."

네일 아티스트 언니가 말했다.

"왁스 제모도 하실래요?"

"어, 얼마예요?"

"팔꿈치 아래만 해서 25달러예요."

"네, 해주세요."

"나도 그거 해야겠다."

줄리아가 말했다.

네일 아티스트는 바로 내 팔에 뜨거운 왁스를 문지르더니 그 위에 천 조각을 올려 두었다가 재빨리 뜯어냈다. "이거 엄청 아플 거예요." 같은 말도 없이, 그냥 확 뜯어버렸다. 쫘악!

우씨!

나는 소리를 질렀다.

그곳에 있던 모든 숙녀들이 몸을 돌려 나를 쳐다보았다. 줄리아가 낄낄거리자 덩달아 시에라도 소리 죽여 웃어 댔다.

"뭐 이런 게 다 있어!"

나는 씩씩거렸다.

네일 아티스트가 한 번 더 뜯어내자 눈에서 눈물이 흘렀다.

"아, 젠장!"

탁자를 쾅 쳤다. 그런 다음 나도 소리 내어 웃기 시작했다. 줄리아가 우우 야유를 했다. 시에라는 내 쪽으로 몸을 기댔다.

찌이이익!

"아, 그만! 오줌 싸겠어요!"

나는 째지는 목소리로 외쳤다.

36

잠에서 깨어 잠시 천장을 보며 침대에 누워 있었다. 오늘은 크로켓 아저씨네 사무실에 갈 예정이어서 기분이 아주 좋다. 쓰리지만 매우 좋은 기분. 아직도 팔이 따끔거리지만 비단처럼 보들보들해서 무척 마음에 든다. 붙임머리가 느슨해져서 그 아래에 있는 내 머리가 약간 끔찍해지고 있지만, 마음에 든다. 가수 에이브릴 라빈이 덤불 사이로 끌려 나온 것 같은 형상이다.

괜찮아. 정수리 위로 돌돌 말아서 틀어 올리면 돼. 귀여운 나비 티셔츠에 낡고 못생긴 카고 팬츠를 입고 줄무늬 양말을 신어야겠다. 배꼽이 드러나겠지만, 배가 납작하고 멋지니까 상관없지. 낡은 남방을 허리에 두른다. 페인트칠할 때 입을 옷이다.

그 다음 천 달러를 가지고 쇼핑을 가야지. 굽이 엄청 높고 뾰족한, 앞코로 발가락이 슬쩍 보이는 구두를 사고 싶다. 허리 아래로 차르르 늘어지는 짧은 민소매 원피스도 사고 싶다. 끈이 꼬여 있고 커다란 버클이 달린 민트색 가죽 가방도 사야지. 몸을 가로질러 맬 수 있을 만큼 큼직한 걸로. 통이 넓은 까만 바지와 스키니 진도 사야겠다. 머리에 둘러서 등 뒤에 두 가닥 착 늘어뜨릴 스카프도. 밝은 색 실반지, 찰랑찰랑 울리는 팔찌들도.

휴대폰은 침대 옆 탁자에 있다. 나는 누구에게 같이 가자고 할지 생각해 본다. 줄리아와 시에라. 아미나는 어떨까? 우리는 함께 몰려다니다가 쇼핑을 다 하고 나면 푸드 코트에 앉아 스무디를 마시면서 여자아이들만의 이야깃거리로 수다를 떨겠지. 아니면 어젯밤처럼 구경하면서 돌아다녀도 되고.

오늘 하루를 생각하니 신이 난다. 그 어느 때보다도 더 차분한 기분이 되기도 한다.

심지어 행복한 것 같기도 하다. 알렉스는 아직도 잠들어 있나 보다. 나는 퀼트 이불 아래에서 발가락을 꼼지락거리며 즐거워했다. 두려워할 것이 아니라 기대되는 것들로 하루가 가득 차 있다니.

두려워할 것이라면 대표적으로 엄마.

내가 엄마에 대해 너무 가혹한가?

십대가 버릇없고 건방지다는 것은 나도 안다.

그렇지만 엄마가 합리적인 사람이 아니지 않은가. 난 진심으로 내가 옳고 엄마가 틀렸다고 믿는다. 엄마는 나만 보면 완전히 흐트러지곤 하니까.

내 생각에 엄마와 전쟁을 끝낼 방법은 항복하고 이렇게 말하는 것뿐이다.

"그래, 엄마가 맞아. 내가 틀렸어. 어쨌든 나는 남자야. 그리고 먹고 싶지 않아도 토스트는 먹을게. 엄마가 만든 거니까."

그러면 엄마가 만족할까, 아니면 새로운 것을 찾아내서 화를 낼까?

지난 몇 주를 돌아보니 내가 잘못한 건 하나도 없다. 뭐가 그리 잘못돼서 엄마는 외국 여행까지 가야 했을까?

휴! 화가 치밀어 오르려 한다. 이러다 좋은 하루 망칠라!

마침내 나는 이불을 걷어차고 나왔다.

뒤집어진 접시는 문 앞에서 사라지고 없었다. 카펫을 만져 보니 축축하다. 아빠 방에서 코 고는 소리가 들린다. 내가 자는 동안 아빠가 카펫을 닦았나 보다.

집은 다소 아수라장이었다. 싱크대에 접시가 수북하다.

나는 시리얼을 먹고 나서 식기세척기에 그릇을 차곡차곡 넣었다. 아빠에게 나중에 그릇을 꺼내 두라는 쪽지를 써서 의자 위에 두었다. 토스트를 치워 줘서 고맙다는 말도 썼다.

엄마와 내가 그 어처구니없는 토스트를 붙들고 끝까지 싸웠다는 것이, 그리고 이제 그럴 필요 없다는 것이 정말 기쁘다.

금속 코 부츠를 신고 어깨에는 가방을 걸치고 천 달러를 양말에 넣은 다음, 성큼성큼 길을 나선다. 오늘은 멋진 날이 될 것이다. 한 번에 세 발짝씩 폴짝폴짝 뛰어 본다.

크로켓 아저씨네 사무실이 있는 작은 골목의 가게 유리창을 들여다본다. 뉴스 통신사, 카페, 버스 정류장이 있다. 끝에는 헌 책방이 있다. 가게 앞에는 향냄새가 나는 옷들이 걸려 있다.

나탈리와 내가 거기에 앉아 편안한 침묵 속에 각자 잡지를 보고 과일 토스트를 먹는 장면을 상상한다. 점잖은 어른들처럼 말이다. 나탈리가 어딘가 멋있는 곳, 남미 같은 곳의 여행 가이드였으면 좋겠다. 그러면 그 집을 과테말라 직물과 마야 도자기로 장식할 수 있겠지. 나탈리는 예쁘고 영리할 거라고 상상해 본다. 그러나 우리가 절친이 되지는 않을 것이다. 가끔 누가 쓰레기를 치울 차례인지를 두고 말싸움을 하겠지. 나탈리는 큰언니 같을 거야.

크로켓은 나를 보고 춤이라도 출 듯이 흥분했다. 창문 커튼을 걷어 자연광을 들이니 벽 색깔이 좋아 보였다. 훨씬 깔끔하다.

"무슨 일이에요?"

웃으며 물었다.

"새로운 소식이야!"

그는 손을 마주 비비며 책상 모서리에 앉았다.

"조사를 좀 해봤는데, 네 현재 출생증명서는 네가 6개월이었을 때 신청해서 나온 거야, 근데 어찌 된 일인지 알아? 그전에 여성이라고 기록된 출생증명서가 있었어."

머리를 한 대 맞은 기분이었다. 저리던 손가락이 풀린 것처럼 따끔따끔했고 귀에서 윙윙 울리는 소리가 들렸다. 입술을 꼭 다물고 있었지만 아무 느낌도 없었다.

크로켓 아저씨가 계속 말했다.

"생후 2주 때 신청했다가 6개월 때 무효로 하고, 남성으로 기록한 다른 출생증명서로 바꾼 거야."

그가 말을 멈추었다.

"알렉스, 괜찮아?"

"부모님은 알고 있었군요."

나는 잠긴 목소리로 말했다.

"부모님은 아주 놀란 척했지만, 처음부터 이걸 알고 있었다고요. 부모님이 나를 남자로 만든 거네요."

크로켓 아저씨가 고개를 끄덕였다.

"그렇게 보이는구나."

"왜 그랬을까요? 엄마 아빠한테는 뭔가 문제가 있어요. 내가 아니라요."

크로켓 아저씨가 팔을 벌렸고, 나는 아저씨 품에 기댔다. 그는 크고 부슬부슬한 털 조끼를 입고 있었다.

"네 말이 맞았다, 꼬마야."

그가 내 등을 두드리며 말했다.

"너는 네가 누구인지 알고 있는 거야."

나는 조금 울었다. 결국 그치긴 했는데, 아주 기진맥진한 기분이었다. 나는 사무실 카펫에 엎드렸고 크로켓 아저씨는 책상으로 돌아갔다. 그는 계속 키보드를 탁탁 두드렸다.

이제 와서 보니, 오늘 아침 내가 엄마에 대해서 분석한 모든 것은 아주 설익은 것이었다. 안일하기 짝이 없었다.

유아기 때부터 지금까지, 어느 시점에 엄마, 아빠는 이렇게 말할 수도 있었다.

"아, 근데 우리는 네가 태어났을 때 딸이라고 생각했단다."

며칠 전 밤이 떠올랐다. 내가 여자로 느껴진다고 말하던 날. 그때도 그런 얘기를 할 기회였다. 바닥에서 데굴데굴 구르며 "이 쬐끄만 변태야. 너 땜에 내가 죽겠다, 죽겠어!" 하고 소리치는 대신에 말이다.

내가 물었다.

"제가 부모님이랑 헤어질 수 있나요? 그러니까 친권 박탈인지 뭔지를 할 수 있을까요? 엄마, 아빠를 다시 안 볼 수는 없나요? 그게 제가 원하는 거예요. 집에서 원하는 건 아무것도 없어요. 다시는 가기 싫어요. 만난 적도 없는 것처럼 살고 싶어요."

37

www.motherhoodshared.com

지금 리쿠리쿠 라군의 수상 방갈로에서 쓰고 있어요. 따끈하게 데운 돌로 마사지를 받고 모히토를 석 잔 마셨더니 아주 편안하네요. 어디에도 가지 않고 리조트에만 쭉 있었어요. 계속 그럴 거고요. 여기는 완벽하게 평온해요. 마음에 여유를 가져다줘요.

여기 도착해서는 물 위의 데크에 앉아 있기만 했어요. 칵테일이랑 해산물 요리를 잔뜩 갖다 주더군요. 날씨는 약간 흐렸지만, 그래도 끝내주게 아름다운 열대 날씨였어요. 그 후에 수영복을 입고 라군에서 수영을 했어요. 물이 목욕물처럼 따뜻했어요. 물 위에 누워서 둥둥 떠다녔죠. 물이 나무 안내판에 찰싹찰싹 부딪치는 소리며 내 숨소리, 심장 소리만 들렸어요.

저는 지금 딴 세상에 와 있어요.

외롭기도 해요. 그렇지만 외로움이야 새삼스럽지도 않죠.

우리는 뭐가 잘못된 걸까요? 셋 다 좋은 사람인데. 그러나 모두 자기 말만 하지, 귀 기울여 듣지는 않아요.

알렉스에게 내 말을 들으려고도 하지 않는다고 얘기하면 그 애는 거기서 모욕적인 부분을 찾아내기에 바빠요. 상처받을 이유를 찾아내려고요. 어떤 말도 그대로 그 애에게 전달되지 않아요.

나는 무엇보다 아이가 행복하기만을 원해요. 우리 모두 행복하기를요.

여기서 제 얘기를 들어 주고 의견을 얘기해 주신 분들 모두에게 감사드려요. 빅, 당신에게도 감사해요! 하하하. 제가 다르게 생각하게끔 해주셨어요. 당신은 알렉스 편이라는 걸 저는 알아요.

저도 아들 편이라는 걸 알아주세요.

아니, 딸의 편이라는 걸요.

걘는 제 자식이에요. 어찌나 강하고 사나운지 가끔은 아이가 두려워요. 하지만 걔가 걸어갈 길이 고통스러울 테니, 사나울 필요가 있겠죠.

헤더

댓글

빅 : 무척이나 상냥하시네요, 헤더. 밖에서 보기엔 쉬워 보이지만 그건 엄청 힘든 일이에요. 정말로요. 당신이 낳은 어린 자식 때문에 마음 아

파하는 것이 보여요. 두 사람에게 축복이 함께하기를!

셰릴 : 헤더 님은 멀리서도 날 울게 만드네요!

38

크로켓 아저씨가 페인트칠은 안 해도 괜찮다고 말했지만, 그래도 했다. 뭔가를 하는 게 더 나았다. 그는 나를 위해 임시 위탁 가정을 찾아 주느라 전화기를 붙잡고 오전을 다 보냈다. 혼자 사는 아주머니라고 했다. 앞으로 나를 어떻게 할지 결정될 때까지 며칠간만 머무를 거라고 했다.

위층으로 이사해도 되냐고 크로켓 아저씨한테 묻고 싶었지만, 아저씨도 그걸 생각해 봤을 테고 이미 안 되겠다는 판단을 내렸을 것이다. 물어봤는데 아저씨가 안 된다고 하면 울음을 터뜨릴 것 같다. 그러면 아저씨가 당황할 것이고 정말로 어색해지겠지.

크로켓 씨는 우리 집으로 함께 가서 적어도 학교에 갈 때 필요한 것은 챙겨 와야 한다고 말했다. 그는 아빠에게 내가 안전할 거라고 설명해 주고 싶어 한다.

나는 집으로 돌아가고 싶지 않다. 그런 대화를 하고 싶지 않다. 그게 무슨 소용이 있겠는가? 부모님이 나한테 한 짓은 용서할 수 없는 것이다. 절대로. 어떤 토론도 그것을 바꾸지 못한다.

그러나 내가 독립하려면 부모님의 동의를 받아야 한단다. 말도 안 되지 않나?

오래 오래 붓을 씻었다. 물을 틀어 놓고 붓을 문지르면서 선명한 주황색이 손가락 아래에서 점차 맑게 옅어지는 것을 지켜보았다. 크로켓 씨가 문틀에 기대어 있다가 말했다.

"갈 시간이야."

크로켓 씨의 차는 승합차였다. 차 안이 쓰레기로 가득했다. 차 안에서 먹은 음식의 포장지일 법한 종이들이 여기저기에 굴러다녔다. 나는 쓰레기의 일부를 발로 밀고 차에 올라탔다.

그는 내게 명함 몇 장을 건넸다.

"혹시 전화할 일이 있으면 해."

"고맙습니다."

"어떻게 될 거라고 보니?"

신호등 앞에서 섰을 때 그가 짤막하게 자란 수염을 문지르며 물었다.

아빠가 어떻게 나올지 정말 예측하기가 어렵다. 엄마가 집에 없어서 다행이다. 엄마한테는 아빠가 얘기하시라고 해야지. 엄마는 말 그대로 폭발하겠지만, 어쨌거나 나는 내 인생과 사이좋게 지내게 될 것이다.

"저 무서워요."

솔직히 말했다.

"나도 그래."

크로켓 아저씨의 말에 나는 하하 웃었다.

잠시 차 안에 침묵이 흘렀다.

"이따 공항에 나탈리를 데리러 갈 거야."

그가 말했다.

나는 나탈리가 갈색 머리에 튼튼하고 땅딸막한 몸매를 가진 사람이리라 상상했다. 레게 머리를 하고 있을지도 모른다. 대화하면서 스페인어를 섞어 쓸지도. **푸에고!**

크로켓 씨가 우리 집 앞에 차를 세웠다. 그가 문을 두드릴 때 나는 뒤에 숨어 있었다.

문을 열던 아빠가 나를 보고 깜짝 놀랐다가 걱정하는 얼굴을 했다.

크로켓 씨가 아빠 손을 잡고 악수를 했다.

"알렉스가 저를 그녀의 변호사로 선임했습니다."

"네? 그, 그녀의 뭐요?"

"이제 가서 네 물건을 챙기는 게 좋겠구나, 알렉스."

그가 한 걸음 뒤로 물러서서 나를 문 쪽으로 밀었다.

복도를 걸어가는데, 등 뒤에서 크로켓 씨가 변호사 말투로 하는 이야기가 들렸다.

"처음 알렉스가 저에게 의뢰한 것은 전학 절차에 필요한 서류였습니다. 즉, 성별이 여성으로 기재된 출생증명서였습니다. 그런데 신청서를 냈더니, 그런 신청서가 그전에도 제출된 사실이 있더군요. 제출되었다가 1998년 5월 5일에 취소되었지요. 그 결과……"

위층으로 올라와 버려서 나머지는 들리지 않았지만, 아빠가 욕을 하는 소리는 들렸다.

영영 떠날 때는 무엇을 싸야 하나? 나는 방 한가운데에 얼어붙어 있었다. 다른 곳에서는 한 번도 살아 보지 않았기 때문이다. 갑자기 잘못하는 짓이라는 느낌이 강하게 들었다. 몇 년만 더 비위를 맞춰 주며 모델 일로 돈을 모아야 하는 거 아닐까.

그런데 만약 그게 옳다면 크로켓 씨가 그렇게 말하지 않았을까? 친권 박탈로 내가 독립하게 해줄 수 있냐고 물었을 때, 그는 "집에 가서 엄마 아빠하고 해결해." 하지 않았다. 그런 말은 전혀 하지 않았다. 오히려 여기서 나를 꺼내 주는 절차를 척척 진행했다. 나쁜 생각이라고 여겼다면 분명 말했을 것이다. 그렇지 않은가?

엄마가 바닥에 토스트를 엎고 나를 비난한 일이 생각났다. 피자를 잘못 주문했다고 전화기로 때린 것, 아빠가 나더러 엄마한테 더 잘하라고 한 것, 나를 또라이라고 한 것도 기억났다. 낯선 사람도 그보다는 잘해 줄 것이다. 특히 국수에 대해서 모르는 사람들이라면. 그리고 내가 평범한 여자아이로 보인다면.

나는 책가방과 책을 모두 챙기고 교복도 넣었다. 전화 충전기도. 정리하던 날 쌓아 둔 옷 더미 속에서 내가 좋아하는 옷들을 꺼내어 비닐봉지에 쑤셔 넣었다.

그 외에 내가 여기서 원하는 것은 없다. 나는 일 분간 거기에 서서 오늘 일어난 모든 일을 기억해 보려고 노력했다. 언젠가 심리 치료사에게 자세히 묘사해야 할 것이다.

마지막 순간에 베개를 집어넣었다.

아래층으로 내려가니 아빠가 눈이 튀어나오도록 고함을 치고 있었다.

"내 자식을 데려가지 말라고요!"

외치고 또 외쳤다. 아빠는 크로켓 아저씨의 소매를 붙잡고 있었다.

크로켓 씨의 표정이 아주 어두웠다.

"준비됐어요."

나는 말했다.

"알렉스!"

나를 향해 외치는 아빠 얼굴이 온통 뒤틀리고 시뻘겋다.

크로켓 씨가 아빠 손을 뿌리쳤다.

나는 차에 타고 창밖을 보았다. 아빠가 길바닥에 무릎을 꿇고 있다. 손으로 얼굴을 감싼 채 운다. 마치 기도를 하는 것 같다.

"아이구, 제발! 내 자식을 데려가지 마세요."

39

그 다음에는 어떻게 되는지 알아? 알렉스가 나한테 말했다. 자식을 잃고 싶지 않은 사람들이 자식을 그렇게 대하면 안 되지.

차를 타고 가는 동안 크로켓 씨에게 나탈리 얘기를 더 해달라고 했다.

그는 딸이 대학에 가기를 바랐다. 부인도 나탈리가 법률을 공부하기를 바랐다. 그런데 나탈리는 여행 가이드 일을 좋아하는 것 같다고 한다. 여행에 지칠 때가 올 거라며, 나탈리가 사람을 좋아하는 스타일은 아니라고 보았다. 나탈리는 일을 꼼꼼하게 잘한다. 어릴 때부터 정돈을 잘했다. 남동생의 성냥갑 차들도 나란히 정리해서 주차장을 만들어 놓곤 했다.

나는 스페인어를 하는 레게 머리 아가씨의 이미지에 그 정보를 끼워 맞춰 보려고 애썼다.

위탁 가정 아줌마는 비포장도로 끝에 살고 있었다. 대중교통은 없었다. 내가 원하면 어디건 아줌마가 태워줄 거라고 했다. 내일 오후에 패션쇼 리허설이 있는데. 어떻게 여기로 돌아올지 모르겠다. 그만두게 되려나.

우리는 가축용 울타리에 쿵 부딪쳤다가 구불구불 돌아 내려가서, 베란다가 빙 둘러싸고 있는 깔끔한 집에 도착했다. 문 앞에서 기다리는 동안 창문으로 안을 들여다보았다. 물건이 별로 많지 않았다. 나무줄기를 꼬아 만든 가구가 있었고, 그림이나 장식용 소품, 종이 같은 건 전혀 보이지 않았다. 숙박업소처럼 삭막하고 케케묵은 느낌이었다.

아줌마는 우리에게 안으로 들어오라고 했지만, 웃어 주지는 않았다. 아줌마의 이름은 팸이었다. 뻣뻣한 머리에 몸집은 땅딸막했다. 채소 따위는 구경도 못한 것처럼 피부에 생기가 없었다. 안에 들어가면 친절해질지도 모르지.

하지만 그렇지 않았다. 크로켓 씨가 떠난 뒤에 아줌마는 내 방을 보여주었다. 수수하지만 깔끔했다. 침대 커버는 내가 태어나기 20년 전에 생산이 중단된 제품일 듯했다.

짐을 풀고 나오자 아줌마가 토스트 위에 깡통 스파게티를 얹어 간식으로 주었다. 이만하면 친절한 거지, 그치?

"집 떠나서 자는 건 오늘이 처음이에요."

내가 말했다.

팸 아줌마는 티브이를 켰다.

"엄마는 잠시 멀리 가 계셔서 제가 떠난 걸 아직 모르세요."

팸은 채널을 휙휙 돌렸다. 거만한 영국 남자가 나오는 드라마에 채널을 고정했다.

"그치만 엄마도 어디 간다는 얘기를 하지 않고 가셨는걸요, 뭐. 엄마는 피지에 가셨어요."

"때로는 말하지 않는 게 더 편하지."

아줌마가 티브이에서 눈을 떼지 않고 말했다. 마치 고무로 만든 사람처럼 울퉁불퉁해 보인다. 살갗을 벗겨내면 완전히 새로운 사람이 그 속에서 나오지 않을까 싶을 정도다.

알렉스가 몸서리를 친다.

식료품 수납장 문이 조금 열려 있었는데, 스파게티 깡통이 줄줄이 놓여 있었다.

간식이 아니라 저녁이었던 것이다. 그렇다고 아줌마가 나쁘다는 얘기는 아니다.

내 방 벽장 안에는 출간된 지 삼십 년쯤 된 청소년 로맨스 소설 시리즈가 쌓여 있었다. 나는 누워서 한 권을 다 읽었다.

집이 춥고 생기가 없어서 잠들기까지 아주 오래 걸렸다. 소설을 한 권 더 꺼낼까 생각하던 참에, 발이 바닥에 끌리는 소리가 들렸다. 팸 아줌마의 그림자가 이불 위로 드리웠다. 나는 꼼짝 않고 누워 있었다. 아줌마가 내게 뭔가 부자연스러운 짓을 할까 봐 순간적으로 두려움이 솟았다. 몸 전체가 긴장했다.

팸 아줌마는 내 몸 위에 담요를 하나 더 덮어 주고(역시 친절하시다.) 잠시 나를 쳐다보더니 부엌으로 돌아가서 누군가와 통화를 했다.

"응, 오늘 오후에 왔어. 내가 왜 또 이걸 하는지 모르겠다."

잠시 멈춤.

"그렇긴 한데, 돈을 **그렇게** 많이 받는 것도 아냐. 무슨 말인지 알지?"

그 말에 왜 베개에 얼굴을 파묻고 울었는지 모르겠다. 땅딸막 팸 아줌마가 나를 어떻게 생각하는지는 정말 관심 없기 때문이다. 아마도 소설 속 마을에 가서 엄마, 아빠에다 예쁜 치어리더 쌍둥이 동생이랑 함께 알콩달콩 살고 싶어서인지도 모른다. 머릿속으로만 그려 본 재수 없는 인간과 사는 대신에 말이다.

다음 날 아침, 학교 갈 준비를 했다. 욕실 문에 잠그는 장치가 없어서 정말 재빠르게 샤워를 했다. 팸 아줌마가 들어와서 볼까 걱정스러웠기 때문이다. 그런데 벌거벗은 채로 거울 앞에서 잠시 멈췄다. 젖가슴이 생겨나 있었다. 모기한테 물린 상처마냥 작았지만, 분명 여자 젖가슴이었다. 나는 재빨리 옷을 입은 다음, 사진을 찍을 때처럼 브러시로 겹겹이 물광 메이크업을 했다. 눈 화장을 아주 넓게 하고 분홍빛 아이섀도로 벌겋게 부은 눈을 가렸다.

욕실에서 나오니 팸 아줌마가 아침 드라마를 보고 있었다. 아줌마가 몸을 돌려 나에게 말했다.

"그리고 우선 그것부터 다 지워야겠구나."

마치 그전에 어떤 지시가 있었던 것처럼.

"괜찮아요. 교칙에 어긋나지 않아요."

"교칙은 상관없다. 내 규칙에 어긋난다."

아줌마가 무슨 생각을 하는지 나도 상관하지 않는다는 말을 어떻게 공손히 해야 할지를 몰라서 이렇게 말했다.

"그렇게 느끼신다니 유감스럽네요."

아줌마는 눈을 가느다랗게 떴는데 그걸로 다였다. 이렇게 쉽게 넘어가다니 믿기지 않는다.

7시 30분에 팸 아줌마가 잠옷 차림으로 전철역까지 태워 주었다.

"그럼 하루 잘 보내."

아줌마가 말했다.

전철로 50분을 더 가야 한다. 수업 시작 종이 울릴 때 겨우 학교에 도착했다. 팸 아줌마네 집은 정말이지 너무 멀다. 임시로 지내는 곳이라고 크로켓 씨가 말하긴 했는데. 거기에 얼마나 오래 있어야 할지 궁금하다. 내가 방을 임대할 수 있을까? 모델 일을 구해 봐?

"오늘은 늦었네."

이중 유리문 옆에서 시에라가 말했다. 나를 기다리고 있었나 보다.

"아빠랑은 잘됐어?"

"그럭저럭."

우리는 붐비는 복도를 헤집으며 함께 걸어갔다. 그 애의 팔이 내 팔을 스쳤다.

"오후에 너희 집에 들를까 생각했어. 숙제라도 같이 할까?"

나는 팔을 모아 가슴 앞에서 팔짱을 끼고 말했다.

"오늘 오후에는 집에 있지 않을 거야. 팸 이모 집에서 잠시 지내고 있어."

"그래, 나 어제 너희 집 부근에 가 봤어."

시에라는 뭔가 안다는 듯 턱을 내밀었다. 크로켓 아저씨와 있을 때 벌어진 난리법석을 봤나, 아니면 그 일이 있고 난 후에 아빠를 봤나. 아빠가 잔디밭에 있을 때? 아빠가 무릎 꿇고 있던 모습이 떠올라서 마음이 짠해졌다.

"너희 엄마 만났어."

시에라가 말했다.

엄마가 집에 있었다니, 나는 약간 공포에 질렸다. 엄마는 대폭발을 일으킬 테고, 나는 그걸 다 봐 넘겨야 할 테니 말이다. 어찌 되었거나 엄마의 폭발은 이미 반감기를 거쳤겠군. 시에라를 날카롭게 쳐다보면서 얘가 날 조롱하는 건가 살폈다. 엄마가 얼마나 많이 얘기한 걸까. 아마도 엄마는 비밀을 다 털어놓으며 내가 얼마나 엄마를 괴롭게 했는지 눈물 없이는 하기 힘든 이야기로 구성했을 것이다. 엄마가 흑흑 흐느끼며 이야기하는 모습이 눈에 선하다. 정말 진지하게, 자신에게는 그럴 권리가 있으며 모든 사람이 자신을 가엾게 여겨야 한다고 생각하는 엄마.

미칠 듯이 화가 나서 주먹을 꽉 쥐었다. 이건 엄마와 상관없는 일이잖아. 왜 엄마는 매사를 자기 것으로 만들어야 직성이 풀릴까? 그냥 피지에 있으면 안 되나?

엄마가 정말 밉다. 트랙터에 치여서 피지에 며칠 누워 계시기라도 하지. 그러면 후회하고 한탄하실 거리가 많이 생길 텐데.

"잘했네."

내가 이를 악물고 말했다.

시에라가 날 쳐다보았다.

"너 무슨 문제 있어?"

"뭐? 아, 아니. 응, 맞아."

한숨을 쉬었다.

"지금 그 얘기는 별로 하고 싶지 않아."

시에라가 복도에 멈춰 서고 다른 학생들이 그 옆으로 파도처럼 흘러 지나갔다.

"내가 뭘 어쨌다고 이래?"

"응? 아무것도 잘못한 거 없어!"

내가 말했다.

"너 왜 나한테 이렇게 못되게 구는 거야?"

시에라가 울부짖었다.

나는 어처구니없어서 얼굴을 찌푸렸다.

"못되게? 무슨 소릴 하는 거야?"

고개를 흔들며 말했다.

"못되게 대하는 게 아니야. 난 너에 대해서 별로 생각한 적도 없어."

시에라의 입이 딱 벌어지고 뺨은 주홍색으로 변했다.

"너 정말 나빠!"

잰 뭥미? 알렉스가 물었다.

이러다 수업에 늦겠다.

"맘대로 생각해, 시에라."

나는 여자애들에 대해 이 정도밖에 모른다. 만약 시에라가 정말 화가 났다면 내 얼굴을 한 대 갈길 거라고 생각했다. 그렇게까지 화가 난 게 아니라면, 가 버렸다가도 마음이 가라앉았을 때 스스로 과잉 반응했다는 걸 깨닫고, 그 다음에 만나면 아무 일 없다는 듯이 함께 어울릴 거라 여겼다. 그 애가 한 대 치기를 기다렸지만 치지 않았다. 나는 돌아서서 과학실로 갔다.

과학실에서는 줄리아가 손에 전화기를 들고 무지 불길한 얼굴로 기다리고 있었다.

"너 시에라한테 뭐라고 했어?"

"아무 말도 안 했어!"

줄리아가 고개를 약간 갸웃거렸다.

"걔가 너 좋아한 거 알지? 내 말은, 그런 식으로 말이야."

뭐라 해야 할지 몰라서 고개를 흔들었다.

줄리아가 계속 말했다.

"너는 고마워해야 돼. 걔는 그런 애가 아닌데도…… 그러니까 그거 말이야."

"근데 나는 걔를 그런 식으로 좋아하지 않는데."

작은 소리로 말했다.

"난 그냥 친구로 지내고 싶어."

"핥은 건 뭐야?"

"그거, 아, 그거 말이지. 아, 그건 장난이었어. 시에라가 나더러 징그럽다고 하길래."

"걔는 이제 널 징그럽다고 생각하지 않아."

나는 뭐라고 해야 할지를 몰라 대답하지 않았다.

"너한테 선택의 여지가 없는 게 아니잖아?"

줄리아가 나무랐다. 옆자리에 앉기는 했지만, 내게서 먼 쪽으로 몸을 기대고 창밖을 보면서 씩씩거렸다.

잠시 뒤 나는 줄리아에게로 몸을 돌리고 말했다.

"있지, 미안해. 난 이게 무슨 일인지 정확히 이해를 못하겠어. 오늘 아침에 내가 기분이 안 좋았는데, 그때는 나한테 좀 문제가 있어서였거든. 왜 시에라가 화났는지 도통 모르겠어. 네가 왜 나한테 화를 내는지도."

줄리아가 날 쏘아보았다.

"뭐, 이해를 못하겠다는데 너한테 설명하는 건 아무 소용없을 게 뻔하네."

40

수업 시간이 절반쯤 지날 무렵, 나는 행정실로 불려갔다. 줄리아의 노려보는 눈길에서 벗어나게 되어서 기뻤다.

행정실에서 한 여선생님이 옆구리에 손을 얹고 나를 기다리고 있었다. 처음 보는 얼굴이었다. 명찰에 '교감'이라고 씌어 있었다. 카운터 반대편에는 시에라의 엄마가 호기심 가득한 얼굴로 앉아 있었다. 재미있어하는 표정이었다.

"알렉스 스트링펠로?"

교감 선생님이 내 서류철을 휙휙 넘기며 물었다. 줄이 달린 안경을 목에 걸고 있었다. 안경을 손에 들고 있다가 돋보기처럼 눈에 대고 보았다.

"예."

알렉스와 내가 대답했다.

"정식으로 전학하지 않으면 이 학교에 다니지 못한다고 여러 번 설명했다는데."

"예, 그러려고 했는데……"

교감 선생님이 내 말을 가로막았다.

"전학 서류를 완전히 갖추지 않으면 여기 바닥을 밟고 서 있는 것도 안 돼. 우리한테는 너를 보살필 의무가 없거든. 우리 보험이 너한테는 적용되지 않는단 말이야. 요약하자면, 너는 위험 요인이란 거지."

"제가 자꾸 깜빡하고……"

"그걸로 충분치 않다, 알렉스. 집에 전화해서 어머님께 너를 데리러 오시라고 메시지를 남겼어. 넌 이제 교내를 떠날 거고, 전학에 필요한 서류 없이는 돌아오지 못해. 필요한 서류란,"

교감 선생님은 안경을 들고 메모지를 훑어보았다.

"출생증명서와 예방 접종 일자."

"저희 엄마한테 전화하셨어요?"

나는 속삭이듯이 물었다.

"그래. 엄마가 도착하실 때까지 입구에 있는 홀에서 기다려."

나는 가만히 있었다.

"자, 얼른 가 있어!"

교감 선생님이 게시판 아래 비닐 좌석을 가리켰다. 걱정스러운, 혹은 의심스러운 기색이 교감 선생님의 얼굴에 희미하게 스쳤다. 나는 크리니크 언니처럼 표정을 부드럽게 하려고 애썼다.

시에라의 엄마가 음음, 하고 목을 가다듬었다.

"죄송하지만, 제가 어쩔 수 없이 듣게 되었는데요. 다른 문제가 또 있어요."

시에라 엄마의 눈길이 나를 향했다.

"구청에서 알렉스의 주거 이전 문제로 전화를 했더라고요."

"주거 이전이요?"

교감 선생님이 물었다.

시에라의 엄마가 나를 쳐다보았다.

"네 위탁 가정에서 너를 구청의 관련 부서로 돌려보내겠다는구나. 성격 차이가 있다며 위탁 가정 변경을 요청했어."

또 기쁜 것마냥 눈을 깜빡거리는 표정을 지었다.

"심술탱이 아줌마 같으니라구."

내가 미처 막기도 전에 알렉스가 말을 뱉어 버렸다.

두 아줌마가 서로 쳐다보았다.

"아, 위탁 아줌마 말이에요."

내가 해명했다.

"너 위탁 중이니? 언제부터? 위탁에 관한 서류는 없는데."

교감 선생님이 목에 걸린 안경 줄을 만지작거리며 걱정했다.

"이러면 일이 복잡해져. 스트링펠로 부인에게 전화해서 오시지 말라고 하기엔 너무 늦은 것 같고."

시에라의 엄마가 천천히 고개를 끄덕였다.

"그런 것 같아요."

교감 선생님이 내 서류철로 책상을 탁 내리쳤다.

"제대로 전학 수속을 밟았으면 네 상황에 대해 구청에서 미리 통지를 받았을 텐데. 네 어머니한테도 전화하지 않았을 테고."

잠시 침묵이 이어졌다.

"어떻게 된 건지 나한테 얘기해 줄래?"

"그러고 싶지 않아요."

"내가 알면 도움이 될지도 몰라."

교감 선생님은 겁을 주려는 듯 나를 빤히 보았다. 다른 아이들에게는 그게 먹히겠지만, 내가 국수에 대해 얘기할 일은 절대 없을 것이다.

"성에 관한 문제나 방치, 학대 같은 것이면 내가 알아야 해."

교감 선생님이 말을 하고 눈을 문질렀다.

"엄마가 여기 오시면 문제가 생길 것 같니? 법적으로 말이야. 불화가 있어? 접근 금지 명령은 받았니? 양육권 문제야?"

나는 내 신발만 쳐다봤다.

"으이그, 얘, 제발 말 좀 해봐. 결국 내가 알아낼 거야."

나는 아무 말도 하지 않았다.

"이게 웬 난리야!"

교감 선생님은 사무실로 들어가 버렸다. 교감 선생님이 화를 낸 것은 나를 염려해서가 아니다. 해야 할 서류 작업이 산더미가 될 테고, 남아서 야근을 하게 될 것이며, 그러면 거실에 웅크리고 앉아서 와인 한 병을 비우며 탐정 드라마를 보지 못하기 때문

이다. 이를 어째, 쯧쯧

나는 입구 홀에 있는, 알렉스와 내가 처음 온 날 앉았던 자리에서 기다렸다. 크로켓 씨한테 문자를 보냈다.

[문제가 생겼어요. 땅딸막 팸 아줌마가 저를 버렸어요. 학교에서 엄마한테 전화를 했고요. 엄마가 여기로 오고 계세요. 정신줄을 놓을 게 뻔해요.]

답이 없었다. 그는 문자를 어떻게 보내는지도 모를 것이다.

그 외에는 친구가 없다. 알렉스 말고는. 아, 불쌍해라.

휴대폰 게임을 지겨울 정도로 계속했다. 매초마다 출입문을 쳐다보았다. 주차장에서는 어떤 남자가 사다리 위에 올라가 있다. 광고판의 그림을 바꾸려는 모양이다. 그림 전체가 보이진 않지만, 패션쇼 협찬 업체를 위한 광고일지도 모른다. 아직 양말 속에 있는 천 달러가 생각났다.

걱정 마. 새 양말이야.

그때 엄마가 출입구에 나타났다. 손은 비틀어져 있다. 얼굴은 온통 쭈글쭈글하다. 한쪽 눈만 화장을 한 것 같다. 몸이 부분 부분 따로 노는 듯 보인다. 미소를 띠려고 애쓰는데, 도리어 공포 영화의 미친 광대 같다. 작은 소리로 무슨 말인지 중얼거린다. 조각난 여자 다섯 명을 억지로 합친 듯하다. 엄마는 여기서 아무 생각 없이 온갖 얘기를 할 것이다. 안 봐도 뻔하다. 엄마가 바닥에서 구르며 울부짖으면, 맹세컨대 내 금속 코 부츠가 가만있지 않을 것이다.

나는 눈을 감고 클래핑 연습을 했다. 그렇게 하면 자폐아나 이상한 아이로 보인다는 걸 알지만, 클래핑을 하고 있으면 마음이 편안해진다. 명상과 같다고나 할까. 저 여자는 우리 엄마가 아니다. 거짓말쟁이에다 예측이 아예 불가능하며, 내게 중요한 것은 뭐든 다 망치려고 작정한 사람이다. 자기 자식한테 그러는 사람이 어디 있나? 저 사람은 미친 여자다. 나는 저 여자를 내 인생에 더는 들어오게 하고 싶지 않다. 우리 가까이에 있지 않기를 바란다.

41

www.motherhoodshared.com

피지에서 집으로 돌아왔어요. 공항에서 택시를 타고 오니 남편이 집에 있더군요. 남편은 낡은 행주처럼 지쳐 보였어요. 오늘 변호사가 집에 왔다는군요.

크로켓. 이 기생충 같은 변호사 놈이 알렉스를 꼬드겨 친권 박탈인지 뭔지를 위한 소송을 하라고 했어요. 어린아이를 이렇게 등쳐 먹다니. 그런 일이 허용된다는 게 믿기 어렵네요.

구청에서 아이를 데리고 갔어요. 말도 안 되잖아요? 슈퍼마켓에 가면 임신 중에 담배 피우는 여자들, 겨우 걸음마 하는 꼬마를 주차장에서 뛰어놀게 하는 여자들이 널렸는데, 우리가 자격 없는 부모라니요! 알렉스는 처음부터 자기 맘대로 하고 살아온 아이인데,

이게 무슨 말이냐고요! 그 애는 부족한 거 하나 없이 살았다고요. 난 정말 엄청나게 열 받았어요! 누군가는 벌을 받고 말 거예요!

이건 실수예요.

이건 내 알렉스가 아니에요. 그 변호사가 알렉스 얘기를 듣고는 이걸로 사건 하나 되겠구나 생각했겠죠. 그렇지만 아저씨, 사람 잘못 봤어요. 그거 하나는 확실히 얘기해 줄 수 있어요.

그러고 있는데 누가 문을 두드렸어요. 알렉스의 학교 친구인데 이름이 시에라더군요. 알렉스를 만나러 왔다고 하기에, 제가 그래도 정신을 챙기고 아이가 삼촌 집에 가 있다고 말했어요. 시에라라는 아이는 알렉스한테 똑같은 이름의 남자 사촌이 있냐는 둥 이상한 걸 물어보고 갔어요.

헤더

댓글

수지 : 정말 조심하세요. 모든 사람한테 친절하게 대하세요. 항상 아주 차분함을 유지하시고요. 저는 첫 이혼이 진행 중일 때 감정이 날뛰도록 내버려 둔 결과로 아직까지도 감독관의 방문을 받고 있어요. 전 남편 휴대폰에 말도 안 되는 메시지를 좀 남겼거든요. 진심이 아니었는데, 그게 제가 아이들 양육권을 얻지 못하는 이유가 되어서 아직도 괴롭답니다. 그저 화가 나고 슬퍼서 그랬던 것뿐인데 말이에요. 전 다시는 아이들을 아프게 하지 않을 거예요.

빅 : 한 걸음 전진, 두 걸음 후퇴네요. 가끔 당신은 그저 컴퓨터를 켜고 누군가를 뒤흔들어 놓고 싶어 하는 거군요.

수지 : 닥쳐, 이 개X끼. 당신이 뭘 안다고 그래?

디디 : 수지, 빅이 당신한테 한 말은 아닌 것 같아요.

@빅, 우리는 인간이고 인생은 여행이에요. 항상 갈지자로 걸어가죠.

42

우리 엄마와 시에라 엄마 사이에서 뭔가 일이 벌어지고 있다. 엄마 얼굴이 하얗게 질려 있다. 갑자기 엄마가 뒤로 물러선다. 움직이는 방향은 보지 않은 채 뒷걸음질을 친다. 갑자기 오른쪽으로 돌아서더니 출입문을 나간다. 리모컨으로 조종 받는 미친 인형 같다.

엄마를 따라가 문간에서 바라보았다. 엄마는 팔을 전혀 흔들지 않고 성큼성큼 걸어간다. 몽유병 환자 같다. 한 선생님이 엄마를 발견했지만, 너무 멀리 있다. 엄마는 이미 매점 가까이로 접근하고 있다. 선생님이 엄마 쪽으로 걷기 시작했는데, 처음에는 천천히, 팔짱을 끼고 의아해하면서 걸어갔다.

엄마는 아미나, 줄리아, 시에라가 앉아 있는 곳으로 향했다. 손에는 종이 한 장을 들고 있다. 펼쳐 들고 있어서 바람에 종이가 나부낀다.

아, 안 돼. 나는 까치발을 하고 보다가 팔로 머리를 감싸고 주저앉아 버렸다. 보고 싶지 않다.

엄마가 걸음을 멈췄다. 시에라가 고개를 들고 쳐다본다. 엄마는 시에라 앞에서 종이를 흔든다. 뭐라고 말하는지는 들을 수 없지만, 시에라가 콧방귀를 뀌면서 말대답을 했다.

엄마한테 말대답을 해서는 안 된다. 바로 폭발하기 때문이다.

엄마가 한 걸음 앞으로 다가갔다. 시에라의 머리채를 휘어잡았다. 시에라 얼굴에 종이를 대고 문질러 댄다. 날카로운 목소리로 끽끽댄다. 엄마가 저러는 게 정말 싫다. 공포가 몰려와서 방광에 힘이 빠져 잠금 장치가 풀리고 말았다.

시에라가 엄마 얼굴을 할퀸다. 의자에서 굴러 떨어진다. 이제 엄마는 그 애 위에 서 있다. 아미나는 얼굴에 양손을 대고, 줄리아는 뒷걸음질 쳐서 벽에 붙어 있다.

선생님은 이제 달려간다. 아이들이 싸움 구경할 때처럼 주위를 둘러쌌다.

시에라는 손으로 바닥을 짚으며 뒤로 허둥지둥 달아났다.

달려간 여선생님이 엄마에게 손을 뻗었다.

"실례합니다, 어머님."

선생님은 교사다운 목소리로 또박또박 말했다. 선생님이 엄마 팔꿈치를 잡는다. 엄마는 세 살짜리처럼 발을 구른다. 여전히 종이를 흔들어 대면서.

한 남자 선생님이 운동장을 가로질러 달려갔다. 그는 엄마의 다른 쪽 팔을 잡았다. 둘이 엄마를 이끌고 사라졌다.

시에라는 울고 있다. 줄리아가 시에라 머리를 감싸고 달래 주었다.

43

난장판이 따로 없었다. 콘크리트로 벽을 두른 상담실에서 대기하는데도 입구 홀에서 엄마가 울부짖는 소리를 들을 수 있었다.

"내 자식을 보호하려던 것뿐이야!"

엄청나게 열 받은 시에라의 엄마가 경찰에 전화했으니 감옥에 가게 될 거라고 말하는 소리도 들었다. 결국 엄마는 바닥에서 데굴데굴 구른 다음, 경찰차가 아니라 앰뷸런스에 실려 갔다. 사람들은 엄마가 어떤 발작을 일으켰다고 생각했다. 자기 식대로 일이 안 풀릴 때 엄마가 하는 짓이라고 내가 말해 줄 수도 있었지만, 아무도 나한테 묻지 않았다.

시에라의 엄마는 딸을 집으로 데리고 갔다. 문틈으로 다른 교직원들이 이야기하는 것을 엿들었는데, 시에라 엄마는 분명 교육부를 고소할 테고 아마도 승소할 거라고들 했다. 산업 재해 보험사에서 보상금을 받으면 직장을 그만두고 편히 살 거라고. 또 그들이 말하길, 보상금은 주택 대출금을 다 갚고 남을 정도일 것이며, 일 년쯤 뒤에는 아마 민간 부문의 일자리를 얻게 될 거라 했다. 누가 뭐라 해도, 그 선생님은 일 잘하는 행정 직원이니까.

우리 엄마가 제정신이 아니라고 해서 왜 교육부가 돈을 내야 하는지 이해가 안 간다.

구급차가 가고 나서, 교감 선생님과 상담 선생님이 들어와 문을 닫았다. 나는 크로켓 씨가 와 줬으면 했지만, 선생님들은 아빠한테 전화해서 나를 데리러 오라고 했다.

내가 말했다.

"보세요. 전학 수속에 출생증명서가 필요하다고 하셨죠. 자, 여기 있어요. 우리 엄마를 만나 보시고도 엄마더러 예방 접종 어쩌구를 가져오라고 하시겠어요? 아님 제 말을 믿는 걸로 만족하시겠어요?"

하지만 이제 그건 중요하지 않다. 나는 새 학교에서 전부 다시 시작해야 할 것이다. 이런 일은 매번 일어난다. 내가 어딘가 허공에서 불쑥 나타난 게 아니기 때문이다. 나는 남자 학교에 다녔던 알렉스 스트링펠로다. 내 서류에 똑똑히 적혀 있다.

이름을 완전히 바꾸지 않는 이상, 그리고 내가 증인 보호나 그 비슷한 걸 받고 있다고 말해서 사람들이 묻지 않도록 하지 않는 이상, 이건 계속 되풀이될 일이다. 그러나 묻지 말라고 하면 사람들은 더 궁금해 하겠지.

예전의 알렉스에게서 어떻게 달아날 수 있는지 모르겠다. 적어도 엄청난 노력 없이는 달아날 방법이 없다. 옛 알렉스가 내 뒤에 드리워 있다. 가끔은 조용하다. 하지만 항상 거기에 그림자처럼 있다.

교감 선생님이 고개를 흔들었다.

"이해가 안 되는구나. 넌 이전에 남자 학교에 다녔잖니?"

"엄마는 내가 남자아이이길 바라세요. 엄마는, 그러니까 완전 정신과에 가셔야 할 케이스죠. 보셨잖아요. 그래서 제가 친권 박탈 신청을 하려는 거예요. 그래서 담당 변호사와 얘기해야 하고요."

상담 선생님이 종이 두 장을 가지고 앉았다.

"어떻게 해서 너한테 출생증명서가 두 장이나 있는지 설명해 줄래?"

내가 한숨을 쉬었다.

"부모님이 제가 여자라는 출생증명서를 취소하고 남자로 다시 출생 신고를 하신 거예요."

교감 선생님과 상담 선생님은 당황해서 서로를 쳐다보았다.

"어떻게 그게 가능한지 이해가 안 되는데."

교감 선생님이 말했다.

"등록 관청이 왜 그걸 허용했을까 하는 말이야. 그냥 마음대로 여자아이를 남자아이로 만들 수는 없잖아."

상담 선생님이 어깨를 으쓱했다. 둘은 머리를 맞대고 다시 서류를 들여다보았다.

상담 선생님이 들고 있는 커피 컵에는 **세상에서 제일 훌륭한 엄마**라고 씌어 있었다.

난 이들에게 국수 그림을 그려 주지는 않을 생각이다. 모든 사람에게 그걸 보여줄 수는 없다. 만나는 모든 사람에게 나를 설명해야 하는 일은 없어야 한다.

"현재 법적 보호자가 누구야? 팸이라는 여자분이 구청의 관련 부서로 소속을 되돌려 보냈으니, 그분은 보호자가 아닐 테고. 구청에서 다시 전화 왔어요?"

상담 선생님이 머리를 긁적였다.

"안 온 것 같아요."

나는 창밖을 내다보았다. 건물 사이에 정원이 있다. 한 남자아이가 테니스공을 주우려고 가로질러 달린다.

"아빠한테 돌려보내면 안 되나요?"

상담 선생님이 물었다.

"그렇게 해도 끝나는 게 아닌 거죠?"

교감 선생님은 '복지 정책 매뉴얼'이라고 쓰여 있는 커다란 서류철을 휙휙 넘겼다.

"내 길고 긴 교직 생활 동안 이런 상황은 처음이야."

매뉴얼을 탁 덮더니 책장에 다시 꽂았다.

"너는 우리가 어떻게 해주길 바라니, 알렉스?"

나는 눈을 비볐다. 무척 피곤했다. 이런 일을 매번 겪게 될 것이다.

"모르겠어요. 저도 평범한 일들, 예를 들면 여드름이 났다거나 그런 걸 걱정하고 싶어요."

눈물 때문에 얼굴이 따끔거려서 숨을 들이쉬었다. 하지만 우리 자체가 평범하지 않은걸, 뭐. 앞으로도 평범해지지는 않을 것이다. 평범한 척하기 놀이는 재밌었지만, 이제 현실로 돌아와야 할 시간이다. 지금 이 일이 예전 학교에서 일어난 일만큼이나 나쁘게 될 수도 있다. 나는 계속 학교를 옮겨 가면서 여학생으로 등록해 놓고 누군가가 알아내기까지 얼마나 걸리나 보면서 숨죽이고 살아야 할까? 그럴 가치가 있는 일일까? 뭘 위해서?

다른 선택지는 뭐가 있을까? 이제 내가 남자로 돌아간다는 건 생각도 하기 어렵다. 모든 사람이 경멸하는, 이 어중간하게 걸쳐 있는 상황은 앞으로도 계속될 것이다.

"아버지를 만나고 싶니?"

상담 선생님이 그렇게 물으면서 턱을 문질렀다. 옳은 답이 무엇일까 생각했다. 나는 입술을 깨물었다. 아빠를 보고 싶긴 하다. 집으로 가고 싶지만 거기는 집이라고 할 수가 없다, 정말로. 거짓말로 가득 찬 공허한 장소일 뿐이다.

나는 숨을 멈추었다가 다시 들이쉬었다.

"저를 여자아이로 사랑해 줄 가족을 얻고 싶고, 그저 평범하게 살고 싶어요. 엄마, 아빠는 저더러 또라이, 변태라고 해요. 제가 평범하다면 저한테 이런 식으로 대하지는 않을 거예요."

세상에서 제일 훌륭한 엄마가 조용히 말했다.

"부모님이 그런 말을 하면 안 되지만, 그치만 있잖니, 다른 사람을 바꾸는 건 불가능해. 오직 자신만 바꿀 수 있단다."

"누가 그 얘기를 우리 부모님한테 해줘야 해요."

알렉스가 말한다.

행정실 직원이 문틈으로 머리를 내밀었다.

"아버님이 오셨어요."

그녀가 작은 소리로 말하고 문을 열었는데, 거기 서 있는 사람은 우리 아빠가 아니었다. 크로켓 아저씨였다.

그는 서둘러 오느라 땀에 흠뻑 젖어 있었다. 내 문자를 보고 바로 달려온 것이다. 크로켓 아저씨는 내 친구야. 아저씨는 국수에 대해 알고 있는데도 여전히 친구인 거야.

"안녕하세요."

내 목소리는 잔뜩 쉬고 흔들렸다. 아저씨를 보니 어찌나 기쁜지 눈물이 쏟아졌다.

그가 자리에 앉아 선생님들과 이야기를 나누었다. 손은 머리 뒤로 올려 깍지를 끼고 편안한 자세로 이야기했다. 문해 교육 프로그램에 대해 이야기하고 학부모회, 럭비 프로그램, 최근 경기장에 날아온 물새떼 때문에 벌어진 사태 등에 대해서도 이야기했다.

마침내 나도 마음이 진정되었을 때 아빠가 도착했다.

아빠는 크로켓 씨를 보고 얼굴이 굳어졌지만, 둘은 서로 악수를 했다.

교감 선생님이 커피를 갖다 달라고 부탁했다.

크로켓 씨가 나를 향해 고개를 끄덕였다. 아주 마음을 편하게 해주는 끄덕임이었다. 크로켓 씨가 사태를 수습하겠다는 뜻이다. 적어도 당장의 사태는 말이다.

44

아빠는 내가 반드시 엄마를 보러 병원으로 가야 한다고 했다. 피할 도리가 없었다.

꽃바구니와 곰 인형을 든 사람들을 지나치며 복도를 걸어갔다. 엄마한테 무슨 말을 해야 하나 계속 생각했지만, 아무것도 떠오르지 않았다. 마음은 얼음 조각이 된 것 같았다.

엄마는 옷을 다 차려입은 채 등을 약간 세우고 입원실 침대 이불 위에 누워 있었다. 티브이를 보는 중이었다. 바퀴 달린 작은 탁자 위에는 초코 캐러멜 껍질이 널려 있었다.

우리를 보자 엄마는 잠시 목이 메는 모양이었다. 그 다음 안기라는 듯이 팔을 벌렸다. 아빠는 몸을 숙여 엄마를 안아 주었지만, 나는 팔짱을 끼고 벽에 기댔다.

"알렉스, 내 새끼."

엄마가 말했다.

"이리 와."

난 꼼짝도 하지 않았다.

"정말 그렇게 삐져 있을 거야? 네 짜증에 진짜로 질리겠다. 그렇게 신경질 부리려면 네 친구 시에라한테 가서 해. 걔가 우릴 몰래 염탐해 왔다는 거 알고 있니? 우리 집에 와서 기웃거리더니 너한테 사촌이 있느냐고 묻더라. 화를 내려면 걔한테 내야지. 내가 아니라. 난 네 편이라고."

알렉스가 주먹을 꽉 쥐었다. 내가 애써 주먹을 풀고 차가운 벽에 손을 갖다 댔다.

"이리 와. 이제 이 일은 덮고 갈 때잖아, 그렇지?"

엄마가 말했다.

내가 고개를 끄덕였다.

"집으로 돌아와야지."

초코 캐러멜 껍질을 손가락으로 반듯하게 펴면서 엄마가 말했다.

"이제부턴 달라질 거야. 우리는 서로 대화를 해야 해. 네 맘대로 훌쩍 나가 버리거나 혼자 결정하면 안 돼. 가족인데 우리가 함께 결정해야지. 넌 아직 아이잖아. 네 생각엔 다 큰 것 같겠지만 말이야."

난 머리를 벽에 기대고 눈을 감았다. 엄마는 절대 변하지 않을 것이다.

엄마가 말을 계속했다.

"네가 몰라서 그러는데, 그게 다 호르몬 때문이야. 술 취한 거나 마찬가지라고. 그럴 땐 올바른 결정을 내리기 어려워. 그리고 스스로 생활비를 해결할 때나 그런 결정을 내릴 수 있는 거야. 그때까지는 부모가 너한테 해주는 게 최선이라는 걸 믿어 줘야지."

믿어? 엄마가 믿음을 얘기해? 알렉스가 발끈한다.

타인을 바꾸는 것은 불가능하다는 상담 선생님의 말이 떠올랐다. 오프라 윈프리가 할 법한 이야기지만, 맞는 말이다.

엄마 감정이 점차 고조되고 있다.

"넌 늘 원하는 건 전부 다 가져야 직성이 풀리지. 너 혼자 나가 살면 마약쟁이나 될 게 뻔해! 그렇게 될 필요 없잖아. 우리가 바라는 건 약간의 예의야. 그렇게 어려운 것도 아니잖니."

엄마가 숨을 한 번 들이쉬고는 나를 향해 미소를 지었다. 치아에 캐러멜이 끼어 있었다. 눈에는 화가 가득했다. 엄마는 사이코다. 사이코패스가 내 인생을 몰아가고 있다.

나는 아빠를 쳐다봤다.

"난 복도에서 기다릴게."

"나한테 등 돌리지 마, 미스 선샤인!"

엄마가 소리쳤다.

"우린 지금 대화하는 중이야! 이게 바로 내가 말한 대화라고. 이런, 제기랄! 넌 교훈으로 얻은 게 하나도 없어?"

우리는 앞으로 천 년 동안 똑같은 말싸움을 할 것이다.

그냥 내버려 두는 게 낫다. 나는 이미 결심했다. 이런 건 이제 그만하겠다고.

가슴이 아팠지만, 마음속에 있던 매듭이 느슨하게 풀어지는 느낌이다. 무엇도 그것을 다시 묶지 못한다.

45

집으로 오는 차에서 나는 창밖만 바라보았다.

"난 친구 집에 가서 잠시 있을게요. 내가 두 분에게서 떨어져 휴가를 얻을 차례니까."

내가 말했다.

"네가 집에 있으면 좋겠다."

아빠가 말했다.

내가 생각을 모으는 동안, 우리는 잠시 말없이 있었다.

"아빠하고는 이 문제를 풀고 잘 지낼 수도 있을 것 같아요. 하지만 엄마는 도를 넘어섰고, 내가 좋아하는 사람들 앞에서 나한테 창피와 모욕을 줬어요. 그건 용서하기 어려울 것 같아요."

"네 엄마가 신경 쇠약이라서 그래."

아빠가 말했다.

"다르게 할 수도 있었잖아요."

아빠를 쳐다보며 말했다.

"학교 사람들이 다 보는 앞에서 내 친구들을 폭행하다니! 그러고도 어떻게 내 행동이 잘못됐다고 뻔뻔하게 꾸짖을 수가 있어요?"

"엄마가 아파서 그런 거야, 알렉스."

아빠가 말했다.

"사람을 사랑한다면, 그 사람이 어려움을 겪을 때에도 용서하고 도와줘야 돼."

"아, 그렇다면 나는 엄마를 사랑하지 않나 봐요."

내가 다시 쳐다보았을 때 아빠는 울고 있었다.

그게 나를 더 화나게 했다.

"아빠는 뭐가 슬퍼요? 내 문제에 대해서는 누가 날 도와줬죠? 엄마가 아빠한테 변태라고 불렀어요? 엄마가 아빠 친구들을 밀쳤어요?"

"난 친구도 없는데."

아빠가 말했다.

"당연히 그렇겠죠. 왜냐하면 아빠는……"

"그만해."

아빠가 말을 가로막았다.

"그런 식으로 말하지 마라, 알렉스. 그러면 마음이 아프다."

아빠가 또 시작했다.

나는 속으로 욕을 했다.

"네가 일부러 사람들 마음을 아프게 한다면, 엄마가 너한테 하는 거랑 뭐가 달라? 적어도 엄마는 고의로 그러지는 않잖아. 아빠가 왜 친구가 없는지 아니? 왜냐하면 일하러 갔다가 집에 와서는 널 키우기 바빴기 때문이야. 지금도 그렇지만 너는 언제나 과잉 행동에 자기중심적인 말썽쟁이였기 때문에 돌보기가 정말 힘들었어. 그러니까, 그래. 엄마한테 휴식을 줘야 돼. 1주일에 7일, 24시간 내내 그 일을 해왔으니까. 그 상황에서는 엄청 강한 사람이라 해도 능력의 한계에 부딪힐 수밖에 없는데, 네 엄마는 강한 사람이 아니야."

진입로에 들어서서 아빠가 리모컨으로 차고 문을 열었다.

"참고로, 난 항상 네 상태에 대해 너한테 얘기해 주고 싶었다. 그런데 집에서 너하고 지내는 건 엄마잖아. 엄마가 여기에 있지. 나는 없고. 엄마는 네가 물을 때까지 기다리는 게 좋겠다고 생각했어. 이건 얘기하고 넘어가야겠는데, 너는 사실 여태까지 아무것도 물은 적이 없잖아. 추측하고 가정하고 비난했지."

아빠가 날 뚫어지게 쳐다보았다.

"네가 다 커서 적절한 대화를 할 수 있게 되면, 네가 묻는 어떤 질문에도 기꺼이 대답해 줄 거야."

침대에 누웠다. 베개도 없이. 베개를 땅딸막 아줌마 집에 놓고 왔다. 나는 천장을 뚫어지게 쳐다봤다. 맞다, 처량한 기분이 들었다.

이제 무엇을 해야 할지 도무지 모르겠다. 크로켓 아저씨한테 전화하고 싶지만, 약간 집착하는 것처럼 보이기 시작할까 걱정이 된다. 그저 아저씨 외에는 전화할 사람이 아무도 없는 건데. 잠시 동안은 여기 숨어 있겠지만, 엄마가 퇴원하기 전에 나가야 한다. 이것은 끝을 내야 할 일인데, 나 혼자 처리하기는 어렵다. 누군가가 내 살 곳을 찾아 주어야 한다. 싸야 할 짐은 아무것도 없다. 내가 아끼는 것들은 전부 구청 아동복지과 사무실의 비닐 봉지 안에 있다.

이제는 기다리는 수밖에 없다.

이럴 때 자위를 할 수도 있어. 알렉스가 제안했다.

닥쳐, 이 멍청아.

왜? 하면 기분이 좋아질 텐데. 엔도르핀 땜에.

아빠가 아래층에서 티브이를 보고 있다. 티브이가 켜져 있으면 아빠가 아래에 있는 것이다. 평소 아빠는 이 시간에 집에 없다. 저녁을 만들기에는 너무 이른 시간이다. 다른 것을 하기에는 시간이 충분치 않다. 그럴 때 좋은 아빠는 농구를 하자고 하거나 '닌텐도 위'를 하자고 하겠지. 아빠는 바로 지금도 나를 돌보느라 바쁘다고 생각하겠지만, 내 기억으로는 그렇지 않다. 아빠가 나를 내리누른 것만 기억났다.

그러다가 아빠가 나를 제지한 것은 난동을 부릴 때였다는 것도 기억났다.

너는 말썽쟁이야. 알렉스가 말한다. 그렇게 생각하는 사람은 엄마, 아빠만이 아니야. 다락방에서 본 보고서에서도 네가 말썽쟁이라고 했잖아.

아빠하고는 앞으로 어떻게 해야 할지 모르겠다. 함께 어딜 가거나 뭔가를 할 수는 있겠지. 아빠가 동물원 같은 데 날 데려갈 수도 있고 함께 영화를 보러 갈 수도 있겠지. 아빠가 나한테 잘해 주면 함께 가겠지만, 안 그러면 가지 말아야지.

질문을 할 만큼 자라면 어찌 하겠다는 얘기는 핑계다. 시작 지점으로 돌아가서, 내가 여자인 것 같다고 처음 말한 날, 엄마는 엄청난 히스테리 발작을 일으켰고 아빠는 떠났기 때문이다. 아빠는 그대로 집을 나가 버렸다. 그게 다 큰 어른이 할 일인가.

휴대폰이 울려서 전화기를 집었다. 번호를 보니 나도 모르게 얼굴이 일그러졌다. 리엔이다. 리엔이 왜 전화했지?

"여보세요?"

"너 리허설에 안 왔네."

리엔이 툭 내뱉었다.

"오늘 학교에서 무슨 일이 있었는지 못 들으셨어요?"

"들었어."

리엔은 그렇게 말한 다음, 내 말을 기다렸다. 나는 아무 말도 더 하고 싶지 않았다. 그걸로 다 설명된다고 생각했다.

"어디 다쳤니? 아파?"

"아니요."

내가 말했다.

"그럼 왜 못 와?"

대답할 말이 없어서 얼간이처럼 전화기를 들고 가만히 누워 있었다. 나는 이제 다 끝났다고 혼자 생각한 것이다.

"네가 우리 메인 모델이야. 약속을 했으니 난 네가 지킬 거라고 생각해. 인쇄물도 다 나왔어. 네가 마음을 바꾸기에는 너무 늦었어. 그리고 그것만이 아니고 여기, 지금 클라이언트가 와 있어. 계약서에 사인할 준비를 다 해서 말이야. 내가 너를 보증한다고 했거든. 클라이언트한테 수표책도 들고 오라고 했어."

그런 다음 리엔은 약속 시간을 잘 지키는 것과 프로 정신을 갖추는 것에 대해 일장연설을 하고, 클라이언트에게 '공주'로 보이면 좋은 인상을 남기지 못한다는 얘기도 해주었다.

리엔이 불같이 화를 냈기 때문에 나는 씩 웃으면서 누워 있었다. 리엔은 나의 국수에 대해 알고 있는데도 개의치 않는다. 내가 늦었다는 것만 신경 쓴다. 나한테 소리소리 질러 댈 만큼 내가 늦은 데 신경을 쓰는 것이다. 그런 것들은 개인적인 것이 아니다. 그건 일이고, 내 국수하고는 상관없다.

46

오늘 오후에 남편이 알렉스를 데리고 병원에 왔어요. 그 애가 저한테 한 마디도 안 하는 거 있죠? 짜증을 내려면 염탐한 제 친구한테 내야죠.

근데 제가 하려는 얘기는 그게 아니고요. 둘이서 저를 정신과 환자 취급했다는 거예요!

저는 정상이라고 설명할 참이었는데, 마치 절, 그러니까 뭐냐, 정신병자 보듯 하더라니까요!

어찌해야 할지 모르겠어요. 나한테는 아무 문제도 없다고 말하려고 했지만, 두 사람은 오늘 오후 학교에서 일어난 일에만 사로잡혀 있었어요.

제가 한 짓이라곤 학교에 가서 시에라인지 뭔지 하는 애한테, 알렉스에게도 제대로 된 서류가 있다고 말한 것뿐이에요. 걔한테 서류를 보여 주려 했는데, 걔가 안 보려고 하지 뭐예요. 시건방진 소리나 하고. 걔가 그걸 보게끔 하려고 그런 것뿐이에요. 걔가 처음부터 서류를 제대로 보기만 했으면 신체 접촉이 조금 일어날 일도 없었을 거예요.

뭐, 객관적으로 볼 때, 제가 평정심을 잃었다고 할 수는 있죠. 그러면 안 되는 거였는데. 암튼 그 문제는 해결하는 중이에요. 어떤 상황에서든 우리 사생활을 침해하는 사람들의 죄가 훨씬 더 큰 거죠. 저는 그렇게 생각해요.

헤더

댓글

디디 : 잠깐, 신체 접촉을 조금 했다는 게 정확히 무슨 뜻이에요? 그 애를 때렸다는 말인가요?

빅 : 아무래도 잠시 물러서 있는 게 당신한테 좋을 것 같아요. 지난 몇 주 동안 무슨 일이 벌어졌는지 되돌아보는 기회가 될 겁니다. 당신은 생활에서 벗어나 휴일을 갖고 싶다고 얘기했잖아요. 이게 그럴 기회예요. 그리고 알렉스 문제를 다루는 전략을 제시해 줄, 자격을 제대로 갖춘 심리 상담사와 얘기해 보면 얻는 것이 많을 겁니다. 솔까말, 당신이 포용해야 한다고 봐요.

디디 : 빅, 당신과 내가 이번에는 완전히 의견이 일치하네요!

수지 : 아무 말도 하지 말아요! 자칫하면 자식을 뺏길지도 몰라요! 정상처럼 보이려고만 애써요!

47

아래층으로 가서 아빠한테 리허설에 가야 한다고 말했다. 아빠는 어차피 병원으로 다시 가야 한다며 웅얼거리고는, 엄마한테 갖다 줄 물건들을 싸야 하는데 도와주겠냐고 물었다.

아빠는 여행 가방을 복도 수납장에서 끌어냈다. 엄마가 일 년 정도 병원 신세를 지려나 싶을 만큼 아주 큰 가방이었다.

나는 옷장 서랍을 열고 엄마한테 필요할 만한 것들을 골라서 침대 위에 쌓았다. 잠옷 세 벌. 운동복 바지 몇 개. 엄마의 옷방에서는 엄마 냄새가 났다. 엄마 입에서 나는 약간 시큼한 냄새가 아련하게 풍겼고 할머니 같은 퀴퀴한 냄새도 났다. 엄마는 냄새가 좋지 않다. 오래전부터 그랬다.

엄마한테 종양이나 조발성 치매 증세가 있는 건 아닐까 하는 생각이 들었다. 무슨 병이 엄마를 그렇게 만들었는지도 모른다.

그러면 내 기분이 달라지려나?

남편이 우울증 때문에 아내를 팬다고 하면 괜찮은 거야? 알렉스가 묻는다.

속옷은 아빠가 챙기게 하고 나는 세면도구를 챙기러 욕실로 들어갔다.

엄마에게 화장품이 많이 필요하지는 않겠지만, 마스카라와 눈썹연필, 색깔이 조금 있는 수분 크림, 입술 보호제를 넣었다. 그 정도면 화장하고 싶을 때 기분을 내기에 충분하다.

이거 기분 괜찮은걸. 엄마 물건들을 꺼내서 가방에 싸니 내 마음 뒤편에서 기억을 골라내어 차곡차곡 싸는 것 같다.

지금 나는 화가 나 있지만, 나중에는 화나 있지 않겠지. 언젠가는 엄마를 위해 슬퍼하게 될 거야. 시간이 좀 지나면 엄마를 애틋하게 떠올릴지도 모르지. 당장은 그런 걸 상상도 하기 어렵지만, 그걸 상상하는 것은 상상할 수 있어.

48

학교 앞에서 차가 멈췄다. 같이 들어가 줄까, 아빠가 물었다. 그러면 좋겠다 싶었지만 혼자 가기로 결심했다.

땀이 줄줄 흘렀다. 잠시 문밖에 서서 심호흡을 했다. 그러고 나서 문을 열었다. 모두가 고개를 돌려 나를 쳐다봤다. 나는 어깨를 뒤로 젖히고 모델처럼 걸었다. 섹시하게 걷는 것이 아니라 그냥 성큼성큼 어디론가 가듯이.

리엔이 나를 보더니 반가워했다.

"우리 식구가 왔네."

누군가가 킥킥 웃었다.

그제야 아미나가 보였다. 그 애는 똑바로 나를 쳐다보고 있었다. 무슨 생각을 하는지 알 수가 없다. 아직도 날 친구라고 생각하는지도 모르겠다.

리엔이 나를 끌고 가더니 옷을 갈아입으라고 했다. 나를 위해 골라 둔 옷들이 옷걸이에 쭉 걸려 있다. 아미나가 나한테 올 때까지 기다려야지. 줄리아는 옷을 입고 있는데, 나를 쳐다보지도 않는다.

연습용 런웨이가 만들어져 있었다. 조립식 탁자를 여러 개 쌓은 것처럼 보였다. 다른 애들 중 몇몇은 옷을 입고 벌써 걸어 다니고 있다.

내가 무대에 올라가자 모두들 옆으로 비켜섰다. 런웨이를 걷는 동안, 리엔이 클라이언트에게 내 이야기를 했다.

줄리아는 머리끝까지 화가 난 표정이었다. 결국 줄리아가 사람들에게 큰 소리로 외쳤다.

"얘가 거시기인 거 다들 알지?"

여자애들 몇몇이 낄낄거렸다.

아미나가 줄리아를 쏘아보았다.

나는 침을 꿀꺽 삼켰다. 얼굴에 철판을 깔려고 애썼다. 이건 일이기 때문이다. 정말 좋은 일거리가 되어 줄지도 모른다. 자유로 가는 티켓.

도서실 뒤쪽 문이 열렸다. 아빠가 들어오더니 벽에 기대서서 지켜보았다.

아미나가 다가와서 잠시 가만히 있다가 이렇게 말했다.

"시에라가 정말 화났어."

"그래, 그럴 거라고 생각했어."

"근데 난 네가 왜 그런 말을 했는지 이해가 돼."

아미나가 말했다.

리엔이 나한테 소리를 쳤다.

"자, 빨리, 빨리, 아가씨."

나는 그 다음으로 입어야 하는 의상의 바지를 다리에 걸치고 치마 아래로 끌어올렸다.

"난 네가 용감하다고 생각해."

아미나가 속삭이고는 미소를 지어 보였다.

희미하고 고요한 미소. 세상에서 제일 멋진 미소다. 다른 사람이 어찌 생각하는지는 중요하지 않다.

리허설이 끝난 뒤 아빠한테 크로켓 아저씨네 사무실 근처 커피숍으로 데리고 가 달라고 했다. 스콘과 잼을 주문했지만, 음식이 나오고 나니 배가 뒤틀려서 먹을 수가 없었다. 접시 위에 스콘을 조각조각 부쉈다.

아빠는 카푸치노 두 잔을 연거푸 마셨다. 아빠는 와인 목록을 훑어보더니 뒤집어 놓고 그 위에 소금과 후추 통을 올렸다. 그렇게 눌러 놓지 않으면 독한 술이 튀어 나와 스스로 주문이라도 할까 봐 걱정된다는 듯이.

나는 크로켓 아저씨 사무실 위의 창문을 힐끗 쳐다보았다. 옷을 걸어 두거나 속옷을 말릴 만한 작은 반침이 있었다. 꽃 화분을 두면 어떨까. 해먹을 걸어도 될까.

"제가 살 곳을 찾았어요."

내가 말했다.

아빠는 손바닥으로 눈을 비볐다.

"알렉스, 네가 뭘 몰라서 그러는데, 갖가지 공과금도 내야 하고 할 일이 많아. 너는 운전면허도 없잖니. 전기는 어떻게 연결할 건데? 어디에 살겠다고 그냥 결정할 수는 없어."

아빠 말을 가로막았다.

"도움이 필요하면 얘기할게요."

"네가 달라고 하면 우리가 그냥 돈을 줄 거라고 생각해? 알렉스, 얘야, 나가서 사는 건 안 돼. 안 될 일이야. 좀 그만하면 안 될까? 응? 그냥 집으로 와. 엄마는 곧 좋아질 거야. 아빠 말 믿어. 그냥 잠시면 지나갈 어려운 시기일 뿐이야. 엄마가 결혼식 전에 어땠는지 네가 봤어야 하는데. 정말, 말도 못하게 히스테리를 부렸어. 엄마는 변화에 잘 적응하지 못하는 사람이야."

나는 스콘을 가루로 만들고 있었다.

"아빠, 내가 엉뚱한 일을 벌인다고 생각하시겠지만, 나는 학대 관계에서 벗어나려는 거라고 생각해요."

눈을 들어 아빠를 쳐다봤다가 다시 접시를 쳐다보았다.

아빠 얼굴이 새빨개지고 있었다. 폭언이 쏟아질 차례였지만, 간신히 참는 것 같았다. 우리는 말없이 잠시 앉아 있었다. 아빠가 다리를 떨기 시작했다.

나는 잼 병을 손에 쥐고 열었다 닫았다 했다.

"그래도 아빠는 내 가족이 될 수 있지만……"

아빠 입이 딱 벌어지는 것을 보고, 나는 말을 끝까지 하려고 재빨리 이어 갔다.

"늘 내가 틀렸다고 말하는 대신에, 또는 내가 상처를 준다, 유치하다, 무례하다, 뭐라고 뭐라고 자동으로 말하는 대신에 진정으로 나를 도와줄 수도 있었어요."

아빠가 양손을 들었다.

"이제 최후 통고구나. 이렇게 되는 거냐? 네 식대로 하지 않으면 **가족**이 될 수 없다? 이게 엉뚱한 짓이 아니라고?"

접시만 쳐다봐. 말하는 동안 아빠를 쳐다보지 말아야 해.

"아빠랑은 괜찮아요. 아빠하고는, 뭐랄까, 건설적인 관계가 될 수도 있었을 거예요. 내 말은, 어떤 사람들하고는 함께 살기 어렵다는 뜻이에요. 그러니까…… 어떻게든 내 삶을 망가뜨리려는 사람들이요."

아빠 얼굴이 새빨갛다. 다리를 어찌나 심하게 떠는지 탁자가 흔들린다.

"이미 이게 얼마나 어려운 일이 됐는지 알겠죠? 누군가 히스테리를 부리는 일 없이 이야기하는 게 얼마나 어려운지."

나는 히스테리라는 단어에 손가락으로 따옴표 표시를 했다.

아빠는 그 말을 곰곰이 생각했다. 정말로 생각하고 있었다.

아빠가 대화하고 싶어 했다는 걸 상기시켜 드려. 알렉스가 내 귀에 대고 속삭였다.

"난 지금, 아빠가 나한테 요구한 일을 하는 거예요."

내가 말했다.

"이야기하고 있잖아요. 우리는 지금 적절하고 어른스러운 대화를 하고 있는 거예요."

아빠가 한숨을 쉬었다.

"그렇구나. 근데 너랑 하는 대화는 내가 예상한 것과 전혀 달라. 예상치 못한 복병이 마구 튀어나와."

"그런 걸 깜짝 파티라고 생각하면 어때요?"

아빠 입술이 떨렸다.

"깜짝 파티라."

천천히 고개를 끄덕이며 말했다.

"노력해 봐야겠네."

아빠가 몸을 앞으로 기댔다.

"대신에 너는 엄마를 적으로 보지 않으려고 노력해야 한다. 할 수 있겠어?"

할 수 있을까? 알렉스가 내게 물었다.

내 생각엔 못할 것 같지만, 그래도 해본다고는 해. 알렉스가 말한다.

분명 노력은 해볼 수 있다.

49

www.motherhoodshared.com

남편이 방금 왔다 갔어요. 알렉스가 집을 나가기로 했대요! 둘이 대화를 시작했다나요. 남편이 쓴 표현이 그랬어요! '분부대로 합죠' 식으로 대화한 모양이죠. 그렇지만 남편한테 그렇게 말하지는 않았어요. 남편한테서 조용한 행복감 같은 것이 느껴졌거든요.

남편은 그게 좋은 일이 될지도 모른다고 해요. 아들이 나가 살아보면 부모가 필요하다는 걸 깨닫게 될 테니 말이죠. 남편은 아들이라 부르지 않고 딸이라고 했어요. 말하는 내내 '우리 딸'이라고 칭하더라고요. 만약 '딸'이 우리가 필요 없다는 걸 알게 되면 어떻게 하냐고 내가 물었죠.

그러자 살짝 웃으면서 이렇게 말하더군요.

"뭔가를 사랑한다면 자유롭게 놔줘."

그래서 우리 딸을 자유롭게 놔주려고 해요. 남편 말에 따르면 그게 우리 계획이에요. 그리고 나는 미친 사람이고요!

헤더

댓글

수지 : 당신이 신체 접촉을 했다고 쓴 지난 글에 대해 생각하고 있었어요. 저는 그걸 큰 문제로 보지 않는다고 얘기해 주고 싶네요. 오늘날 아이들의 절반은 아무런 훈육도 받지 않고 자라는데, 그래서 세상이 이런 꼴이 되어 가잖아요.

50

나탈리와 사는 건 내가 머릿속에 그리던 것과 다르다. 아, 불평하려는 것은 아니다. 엄마, 아빠랑 사는 것보다는 백만 배 더 좋으니까. 그런데 내가 미국 드라마 「프렌즈」를 너무 많이 봤나 하는 생각은 든다. 집을 함께 쓰는 것은 드라마와 아주 다르다.

내 방 바닥에는 매트리스가 하나 있고, 구석에는 달랑 옷 가방 하나만 있다. 방이 너무 텅 비어서 소리가 울린다. 처음 장을 보러 갔을 때는 뭘 사야 할지 몰랐다. 비누, 세제, 컵라면, 그리고 핫초코를 샀는데, 거의 50달러가 나왔다.

리엔이 곧 일거리를 주겠다고 해서 다행이다.

오늘 저녁에는 내가 피자를 주문하겠다고 나탈리 언니한테 말했더니 언니가 나를 향해 "그거 좋겠네." 했다. 그러고는 방으로 들어가 문을 닫았다. 나탈리는 그럴 때가 많다. 호텔 방에서 사는 게 익숙해서 그런가 짐작한다.

나탈리의 방 안에는 티브이와 노트북이 있다. 소리를 듣고 티브이나 노트북이 켜져 있다는 걸 안다. 나탈리는 휴대폰으로 수다를 떨기도 한다. 거실에는 아무것도 없다. 나는 헌책방에 가서 땅딸막 아줌마네 집에 있던 소설 시리즈를 모두 샀다. 열 권에 5달러를 달라고 했다.

피자가 와서 나탈리 언니더러 먹으러 나오라고 문을 두드렸는데, 언니는 놀란 표정이었다.

"아, 아니야, 미안. 나는 친구들 만나러 나갈 거야."

그렇게 말할 때가 많다. 나탈리는 나와 친구가 되고 싶지 않은 모양이다. 은근히 내가 여기 있는 게 탐탁지 않은 것 같기도 하다.

은근히가 아니지. 알렉스가 지적한다.

나탈리는 공간을 혼자 사용하는 데 익숙해서 조금 무뚝뚝하게 대하지만, 적어도 나한테 이래라 저래라 하지는 않는다.

나탈리한테 잘해서 사랑받을 수도 있다. 클래핑 실력을 보여줘야지. 그걸 보고 안 넘어올 사람이 있겠어?

학교에서 타이가 나를 롤라라고 부르기 시작했다. 킹크스의 노래에서 따온 것이다. 걔는 그게 아주 재미있다고 생각하는 모양이다. 나는 상관없다. 롤라도 꽤 멋진 이름이니까.

타이는 금속 공예 시간이면 변함없이 내 옆에 앉는다. 걔는 날 싫어하지 않는다. 처음에 날 좋아했던 걸 창피해할 뿐이다. 아직도 날 뚫어지게 보기는 하지만, 고개를 갸우뚱하는 강아지 마냥 궁금하고 헷갈리는 표정만 짓는다. 결국에는 예전처럼 돌아올 거라고 생각한다.

타이는 내 우편함 만드는 것을 도와주고 있는데, 나는 잘 못 만들고 걔는 잘 만들기 때문이다. 우편함은 내 인생에서 이 시기를 기억하게 해주는 멋진 기념품이 될 것이다.

시에라와 줄리아는 이제 내 옆에 앉지 않는다. 나와 아미나만 함께 앉는다. 우리는 경기장에서 아주 많은 시간을 보낸다. 나는 육상부에서 기록 계측을 맡고 있다. 아주 중요한 일이다. 모든 선수들이 자신의 최고 기록과 희망 기록을 말해 주었다. 선수들이 달리기를 마친 순간을 나는 아주 좋아한다. 선수들이 자기 기록을 알고 싶어서 빙그르 돌아 나를 올려다본다.

육상 선수들은 함께 트랙 위에 있지만, 서로 경쟁하며 달리지는 않는다. 각자 제 할 일을 하는 것이다.

오늘은 처음 보는 한 남학생이 계단에 있는 나를 벽에 밀어 붙였다. 그러더니 "롤라, 열라."라고 말했다. 뭔 소린지, 원. 아마 그 애는 내 이름이 진짜 롤라인 줄 알았나 보지. 열라인지 뭔지는 그냥 많이들 하는 욕인가.

걔가 날 밀어서 머리를 벽에 찧었는데, 아프긴 했지만 그 정도로 죽지는 않는다.

내가 모르는 또 다른 남자애가 그 남자애의 가슴을 탁 밀었다. 그러고는 이렇게 말했다.

"야, 이 나쁜 놈아. 얘는 저능아라는 거 몰라?"

나는 깔깔 웃어 댔다. 높고 카랑카랑한 웃음소리에 두 번째 남자애가 그런 착각을 했나 보다.

내가 웃은 것은 언제나 사람들이 나를 힘들게 할 것이기 때문이다. 나는 지금, 또 앞으로도 두드려 맞을지 모른다. 그러나 별 상관도 없는 사람들이 나를 싫어하는 것보다 더 나쁜 일들도 세상에는 있다.

또한 내가 웃은 것은 학교 앞에 있는 거대한 광고판 때문이다. 거기에 내가 있다. 중절모 차림에 눈을 치켜뜨고 콧수염을 그린 얼굴로 키스를 날리면서.

거기에 내가 높이 걸려 있다. 남자처럼 입은 여자 모습으로.

편집자 주

1 유희를 목적으로 화려하게 여성 분장을 한 남성을 가리킨다.

2 속어로 발기한 남성 성기를 가리키기도 한다.

3 특정 물건에 집착하는 성적 취향.

4 동음이의어를 이용한 말장난. 영어로 목공을 'General Wood'라고 하는데, 'General'에는 장군이라는 뜻도 있다.

5 영국 튜더 왕조 시대(1485~1603)에 성행한 건축 양식. 수직적 구성의 고딕 양식에 르네상스 건축의 화려한 장식성을 더한 스타일이다.

6 오스트레일리아 노던 주 남서쪽에 있는 거대한 바위. 구름의 농도와 시각에 따라 시시각각 색채가 변하는 곳으로, 원주민들이 매우 신성한 공간으로 여긴다.

7 오스트레일리아 화가. 오스트레일리아의 전설이나 역사, 황량한 내륙 풍경 등에서 영향을 받은 작품들이 많다. 소박하고 생명력이 넘치는 그림과 판화들은 현대문명에 대한 비판으로 읽힌다.

8 오스트레일리아가 영국의 식민지이던 1800년대의 실존 인물. 누명을 쓰고 도주하던 중에 영국 경찰에 대항하고 빈민들의 편에 서서 투쟁하여 국민적 지지를 얻었던 상징적 인물이다.

9 중동 지역의 요리에 많이 사용되는 향신료로 강하고 톡 쏘는 자극적인 향과 매운 맛이 특징이다.

10 두 가지 종류의 밀을 사용하여 아주 작은 곡식 알갱이처럼 만든 식재료로, 모로코, 리비아, 알제리, 프랑스, 스페인 등 지중해 인근 지역에서 많이 먹는다.

11 생명 활동을 느리게 하거나 멈추게 했다가 소생시키는 것.

12 동물이 도로에 뛰어들었다가 자동차 등에 치여 사망하는 것.

13 어깨가 드러난 네크라인의 옷.

옮긴이 말

알렉스에게는 성별을 바로 파악하기 어려운, 모호한 생식기가 있다. 반음양자 또는 간성(intersex)이라고 일컬어지는 이런 경우에 성염색체는 XX나 XY가 아닌 다양한 형태를 띤다. 모호한 외부 생식기를 가진 아기가 태어나면 병원에서는 대개 생식기를 수술하거나 호르몬을 투여하여 여성 아니면 남성으로 성장하도록 한다. 그런데 2013년 유엔 특별보고관은 당사자의 동의 없이 간성 아동에게 성 할당 수술을 하는 것이 유엔 고문방지협약에서 금지하는 고문에 해당한다고 지적했다.

알렉스는 아주 작은 음경과 난소를 가지고 태어났다. "고추가 있으니 남자"가 틀림없다고 여긴 부모님은 알렉스를 남자아이로 키우고 남성 호르몬을 복용하게 한다. 그 결과, 폭력 성향과 과도한 성욕 같은 부작용을 겪는다. 줄곧 스스로 여자라고 느껴 온 알렉스가 이제 정말 여자로 살겠다고 결심하는 순간부터 이 소설은 시작된다. 성 정체성을 둘러싸고 겪는 혼란, 부모님과의 갈등, 편견과 차별 등이 생생하게 그려져 있다.

유머 넘치고 매력적이고 사랑스러운 주인공 알렉스는 '남자 아니면 여자'라는 틀에 맞지 않는다는 이유로 학교에서 심한 괴롭힘을 당한다. 선진국이라는 데에서도 성소수자에 대한 차별은 다르지 않은 모양이다. 우리 사회에서도 이제 성소수자 운동이 어느 정도 가시화되기 시작했지만, 간성은 그 존재에 대해서조차 별로 알려져 있지 않다. 그에 비하면 소설의 배경인 호주의 상황은 훨씬 나은 것 같다. 아니, 전 세계적으로 가장 앞서가는 제도를 갖추었다고도 하겠다. 2011년 호주에서는 여권 성별란에 남성, 여성 외에 X를 추가해서 제3의 성을 선택할 수 있게 했다. 성전환자나 간성인들이 X에 표시할 수 있게 된 것이다. 그러나 출생증명서의 성별 변경은 아직도 쉽지 않다고 한다.

2013년 독일에서는 신생아가 간성인 경우, 출생증명서 성별란을 공백으로 남겨둘 수 있게 했다. 간성 신생아의 성을 너무 일찍 결정하면 2차 성징이 나타난 뒤 성전환 수술을 받아야 하거나 성 정체성에 혼란이 일어날 위험이 있기 때문에, 부모가 아기의 성을 확정 짓는 수술을 조급하게 결정하지 않도록 한 것이다. 남성 또는 여성이라는 이분법적 성별을 거부할 수 있도록 선택권을 부여하는 것이기도 하다. 알렉스에게도 성별은 흑과 백으로 구분되는 것이 아니다.

"어느 쪽인지 사람들은 알고 싶어 한다. 길에서 그냥 스쳐 지나가는, 다시는 안 볼 사이일 때에도 사람들은 당신이 남자인지 여자인지 판단하려 든다. 어처구니없는 일이다. 대부분이 회색 지대는 생각하지 않는다. 헷갈리면 기분 나빠한다. 판단하기 어려우면 불쾌해한다. 나에게 그건 회색 지대다. 희끄무레한 회색."

천 명 또는 이천 명 중 한 명꼴로 태어난다는 간성인들뿐만 아니라 평범한 보통 사람들에게도 흑 아니면 백, 둘로만 나뉘는 세상은 불편하거나 따분하다. 알렉스가 흑백의 세계에서 받은 상처는 극도로 고통스러운 것이었지만, 알렉스의 회색 지대에는 섬세한 아름다움, 독특한 감수성이 가득해서 소설 전체가 무척 명랑하다. 어머니의 관점에서 써 내려간 글들이 띄엄띄엄 들어 있어 균형을 잡아 주는 동시에, 정체성이며 부모 자녀 관계 등 많은 토론거리도 던져 준다. 부모님과 겪던 갈등을 뻔한 화해로 봉합하지 않은 결말도 우리 사회의 시각에서는 약간 충격으로 느껴질지 모르겠다.

이 소설은 성소수자의 문제를 본격적으로 다룬, 국내에서 보기 드문 청소년 소설이라는 점에서 주목할 만하다. 사회에서 강요하는 틀에 맞추어 또는 부모님이 시키는 대로만 사는 것이 아니라, 내면의 소리에 귀 기울이며 자기 자신으로 살아가려는 용감한 투쟁의 이야기이므로 많은 청소년 독자들의 공감을 얻으리라 기대한다.

알렉스, 소년에서 소녀로

초판 1쇄_ 2015년 7월 16일

지은이_알리사 브루그먼

옮긴이_이현정

펴낸이_유승희

펴낸곳_도서출판 또하나의문화

편집_조지혜   마케팅_고진숙   관리_손미경

주소_서울 마포구 와우산로 174-5 대재빌라302호

전화_02-324-7486 팩스_02-323-2934

전자우편_tomoon@tomoon.com

누리집_www.tomoon.com

등록번호_제9-129호(1987.12.29)

ISBN 978-89-85635-98-1 43840

* 이 도서의 국립중앙도서관 출판예정도서목록(CIP)은 서지정보유통지원시스템 홈페이지 (http://seoji.nl.go.kr)와 국가자료공동목록시스템(http://www.nl.go.kr/kolisnet)에서 이용하실 수 있습니다.(CIP제어번호: CIP2015018297)